奇岩館の殺人

奇岩馆事件

[日]高野结史 著

丁宇宁 译

北京日报出版社

图书在版编目（CIP）数据

奇岩馆事件 / (日) 高野结史著；丁宇宁译 .
北京：北京日报出版社 , 2025. 8. -- ISBN 978-7-5477-
5161-9

Ⅰ . I313.45
中国国家版本馆 CIP 数据核字第 2025P8M459 号

KIGANKAN NO SATUJIN
BY
YUSHI TAKANO
COPYRIGHT © 2024 BY YUSHI TAKANO
ORIGINAL JAPANESE EDITION PUBLISHED BY TAKARAJIMASHA, INC.
SIMPLIFIED CHINESE TRANSLATION RIGHTS ARRANGED WITH TAKARAJIMASHA, INC.
THROUGH CA-LINK INTERNATIONAL LLC.
SIMPLIFIED CHINESE TRANSLATION RIGHTS © 2024 BY TIANJIN STAREAD CULTURAL
COMMUNICATION CO., LTD.

北京版权保护中心外国图书合同登记号：01-2025-2111

奇岩馆事件

出 品 人：柯 伟
选题策划：刘思懿
责任编辑：王 莹
特约编辑：刘思懿 宋 鑫
封面设计：水 沐
版式设计：修靖雯
出版发行：北京日报出版社
地　　址：北京市东城区东单三条 8-16 号东方广场东配楼四层
邮　　编：100005
电　　话：发行部：（010）65255876
　　　　　总编室：（010）65252135
印　　刷：三河市嘉科万达彩色印刷有限公司
经　　销：各地新华书店
版　　次：2025 年 8 月第 1 版
　　　　　2025 年 8 月第 1 次印刷
开　　本：880 毫米 × 1230 毫米　1/32
印　　张：7.5
字　　数：168 千字
定　　价：49.80 元

尊敬的推理迷们：

请原谅在下贸然向诸位下战书的无礼行径。

和从前一样，这一次的推理游戏同样会让人耳目一新。当然，每个人享受推理游戏的方式各不相同。在下还没有愚蠢到认为在推理游戏中必须进行"推理"。

不过在下可以向诸位保证：如果您在目击真相时开动脑筋进行"推理"，将会更加充分地享受到游戏的乐趣。

侦探将如何揪出幕后真凶，并揭露凶手把不可能变成可能的诡计呢？

诸位都接触过无数推理游戏。向诸位下战书，实在令在下不胜羞愧，诚惶诚恐。请允许在下带着无与伦比的自信和破釜沉舟的决心，再次向诸位发起挑战。

各位能够破解所有谜团，揭开全部真相吗？

希望各位都能充分展示自己的推理才能。

祝各位好运……

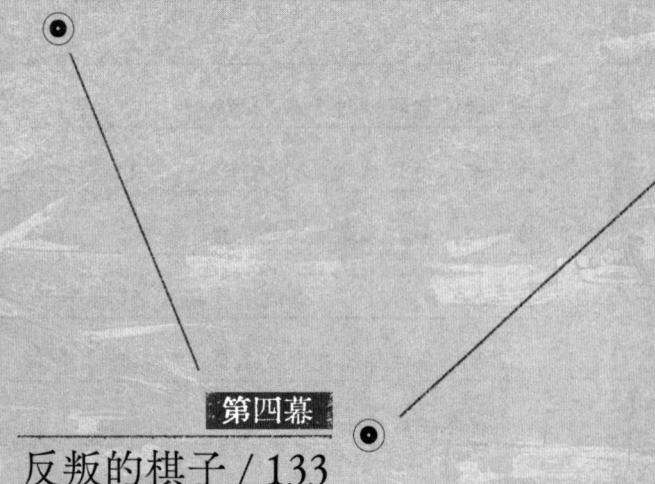

CONTENTS

目 录

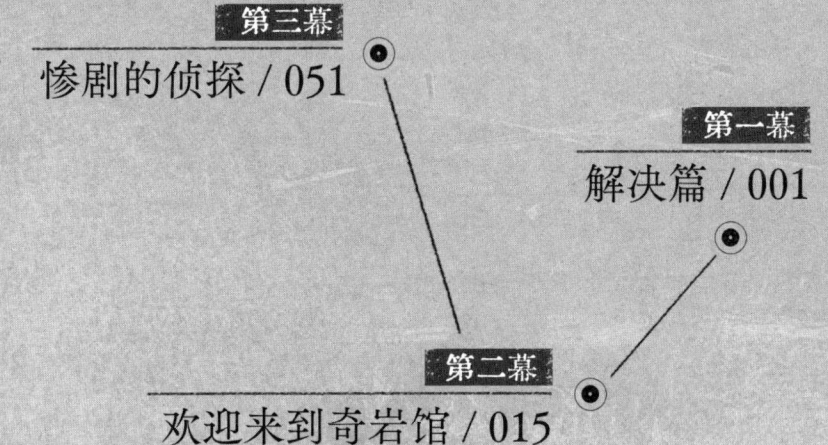

奇岩館事件

第一幕

解决篇

扮作神父的男人眺望着雨中的尸体。

尸体脖子以上的部分七零八落的，散落一地。

还好，这一次事件发生在春天。

男人松了口气。

如果是夏天，那尸体可能已经开始发臭了——如果在这种情况下被"侦探"叫来集合，那可真是件麻烦事。就算移开目光，不看这幅奇景，臭气也让人无处可遁。有些人一闻到死尸的臭味儿就会恶心。

岛上十三名相关人士围拢在尸体旁边。

"侦探"开始了自己的讲解。

"我们之前只关注了丑松是何时爬上塔的。但这正是凶手的计谋。"

"侦探"抬头望向眼前的塔尖。

这座塔的设定是钟楼，共有七层。无论是走楼梯还是坐电梯，都可以到达塔顶。

虽然建造这座塔耗资巨大，但它毕竟是此次案件的标志性建筑，所以不得不建。

这座细长尖塔矗立在远海的孤岛上。从岛外望去，充满"不祥"之兆。之所以选择这座孤岛作为本次案件的舞台，最主要的原因是避免警察的介入。不过从结果上来看，这一选择也进一步烘托了案件的氛围，可谓一举两得。

男人侧耳倾听着"侦探"的发言。

"既然警察无法赶来，那我只能根据诸位的证言来推断死亡时间了。据此，我认为丑松如果是从塔上坠落的，那时间只能是在凌晨三点左右。不过，当时的丑松还活着。"

"但是，丑松的的确确是从塔上掉下来的呀！否则，丑松的死状绝不会如此惨烈。"

辰造提出了质疑。

"侦探"点了点头，就像是一直在等这个问题似的。

"是的。丑松的头部碎裂成这个样子，必定是受到了极为猛烈的冲击。这不是人力所能做到的。不过，除了从塔上坠落以外，还有其他方法可以做到。"

"侦探"煞有介事地停顿了一下。

所有人都目不转睛地看着"侦探"。

"从塔上落下的，不是丑松，而是凶器。"

"你说什么？！"寅吉叫道。

寅吉的表情略显做作，下次得把他调到幕后去，男人暗自盘算着。

"侦探"却全然不在意地继续推理，仿佛完全沉浸在自己的思考中，完全无视周围发生的一切。

"丑松被凶手叫到塔下，在凶手指定的入口前等待着。那么此时，丑松的头顶上有什么？"

"窗户……是'天国之屋'的窗户……"寅吉恍然大悟似的喃喃自语。

天国之屋是位于塔顶的房间。在这间房间的东侧墙壁上，开有一扇巨大的窗户。

"凶手确认丑松正站在窗户正下方后，便从'天国之屋'的窗户扔下了一件东西——也就是这座岛的神灵。"

"神灵……是冰窖之神？"

"是的。也就是保存在冰窖之中的巨大冰块。严格来说，是把很多个大冰柱固定在一起后形成的冰块。凶手把冰块做得很大，重量大概刚好能进入电梯而不至于超载。为了搬运冰块，凶手略施小计，让其他人都无法乘坐电梯。"

"啊！所以电梯才会一直显示'维修中'！"

"我记得电梯的载重量是三百公斤？这么重的东西直接砸到人的头上，头颅一定是四分五裂了。"

人们纷纷对"侦探"的推理表示认可。

男人感同身受。

"侦探"描述的那幅场景浮现在他眼前。

从塔顶掉落的冰块把人的头颅砸得四分五裂——这幅场景是

整起案件的高潮。只可惜无法让它重现在"侦探"眼前。如果可以的话，那一定会更刺激。

"死亡时间的变化，让某些人的不在场证明失效了。其中，有人既能在冰窖中保存冰柱，又能自由地使用电梯。符合这个条件的只有一个人……没错，凶手就是……"

"侦探"指证了凶手，神采奕奕地揭穿了那人的不在场证明，并阐述那人的杀人动机。

八十分吧……

男人听完"侦探"的推理后，暗自松了口气。

结果不坏。越能让"侦探"解开准备好的谜题，"侦探"的满意度就越高。不过，如果谜题全都被"侦探"解开了，游戏也会被批评设计得太过简单。

大家奉承了"侦探"一会儿，然后便请"侦探"回到宴会之中。人们鱼贯进入宅邸，谁也没再看尸体一眼。所有岛民都是主办方的运营人员，他们无视尸体也算是情有可原。不过，"侦探"似乎也对面前这具"货真价实"的尸体没有半分感慨。

这份工作连他自己都觉得十分疯狂。

男人一阵苦笑。

宴会是在这座宅邸的大厅举行的。

在大厅里，兴致高昂的客户端着香槟走了过来："这次也干得不错。"

"谢谢您。"男人深深鞠了一躬。他还穿着神父的衣服。

刚才还扮作"侦探"的客户，此时已经换回了寻常的富人打扮。

"不过，虽然解谜的逻辑挺有意思，但是案件本身有点寻常。下次给我弄个连环杀人吧。"

"您的意思是……增加死者的数量吗？"

男人控制住自己的情绪，面无表情地询问道。

这可是老主顾提出的要求。不能让对方看出自己的犹豫。

"很难吗？"

"不难不难。期待您下次光临。您预约之后，我们会立刻为您准备。"

"好。辛苦了。"

"明白。感谢您一直以来的支持。"

"期待你们下次的表现。光是普通的杀人案件已经没法给我惊喜了。"

客户大笑着强调道："多杀点人。"

刚从地铁站走到地面上，男人就开始汗流不止。

"真是的！"他忍不住发了句牢骚。

明明夏天已经结束了，却还是这么热。这种天气穿西装真是受罪。他怀念起那套轻薄透气的神父装扮来。最近他的食欲下降得厉害，而且深深感受到了体力不支。

不过，他脚步沉重还有其他原因，他不喜欢这个工作伙伴。自己来催稿肯定会被对方拒绝的，大概还会被对方嘲讽一番……

他已经能看到那栋要去的公寓了。虽然说不上价值亿万日元，但也颇为高级。

他在上了自动锁的楼栋门前按响门铃。

过了一会儿，对讲机里传来一个冰冷的声音："你们还会追到人家里来？这正常吗？"

"老师，实在抱歉。我发过邮件，也打过电话，但都没有得到您的回复，我也是担心您出了什么意外……"

当然，这是句谎话。他完全没有"担心"过。

截稿日期已经过了，但他无论怎么催稿都没有得到任何回复，于是只好亲自过来取稿了。

"还没写完，稍等。"

"游戏很快就要开始了，方便问下您的进展如何了吗？"

"邮件里说。"

"别别别，我大老远过来一趟，当面聊会比较方便吧……我也能在这儿跟您说说我的想法……"

"那你说吧。"

"在这儿……吗？"

"我已经给你发过提纲了吧？"

难道对方打算隔着对讲机结束这次对话吗？男人咬紧后槽牙。

明明对方只是个卖不出书的推理作家！也不想想是托了谁的福，才能住在这样的高级公寓里！他把几欲脱口而出的话又咽了回去。

　　客人已经支付了数亿日元的现金，配套设施也在加紧建造，工作人员几乎都到位了。举办的日程也与各方确认完毕。现在已经没有延期的余地了，所有人都眼巴巴地等着剧本完成。可是，如果催得太紧，让作者不快，那事情就更难办了。

　　"老师，您也知道，咱们的工作是机密中的机密。如果泄露出去，那对咱们双方来说都是个麻烦呀。求求您了，能让我进去说话吗？"

　　男人字斟句酌的同时，又表露出决不放弃的态度。终于，自动门打开了。

　　他穿过门厅，坐上电梯。

　　"真是……"

　　怎么偏偏找了这么个家伙来写剧本呢！男人在心里咒骂过去的自己。

　　不过，他的选择本来就不多。

　　男人所供职的公司专门为全世界的富豪们提供真实的推理游戏（这已经是尽力美化后的说法了）。客人扮演侦探，享受解开杀人案件之谜的乐趣。而男人所在的运营团队，则需要为每次游戏写出新奇的策划，并负责舞台设计、人员招募、剧本撰写等全流程的准备工作。

　　之所以不能将这些工作公之于众——其实是因为游戏中真的会有人死去。

　　"侦探"们可以参与真实杀人案件的调查工作。正是为了寻求这种刺激和不同寻常的感觉，客人们才会不惜花费数亿日元的报名费来参加他们公司的推理游戏。这种"真实谋杀的推理游戏"早在二百多年前就在外国的黑社会中兴起，并催生出专门从事这一行当的公司。男人所供职的，正是这家公司的日本分部——他们把从杀人剧目到推理游戏的一系列活动，统称为"侦探游戏"。

"不过，这人的笔力是真不错。"

男人叹了口气，电梯也来到了他要去的那一层。

他径直走到作家的房间门口，按响门铃。接下来肯定免不了要大吵一场吧——想到这儿，他就心烦不已。

地下的灰色工作也有不少难处，其中之一就是招人。一旦跟对方说想让对方写个需要真的杀人的推理剧本时，就没有几个作家会接。说话时一个不留神，就会闹到警察那里去。能认真写推理剧本，又不怎么过问公司事务的作家，实在是相当难得的人才。能帮公司找到这种作家的员工也会得到丰厚的奖励。

因此，能在文坛酒吧遇到这位抱怨着"为啥就我火不起来？"的小说家，对他而言的确是一件幸事。虽然这位小说家的人品实在让人不敢恭维。

房门打开了，作家满脸的不耐烦。

"真的非常抱歉。我们这边也实在是要火烧眉毛了。"

男人鞠了个躬。作家转过身，消失在房间深处。

男人赶紧合上虚掩的门，跟着对方走进房间。

"失礼了，我进来了。"

男人穿过乱糟糟、堆满快递箱的走廊，来到一间看起来应该是客厅的房间，但这里什么家具都没有。从地板到天花板全被堆积如山的书本填满，完全看不出这是高级公寓里的房间。

"在这儿等着。"

男人遵照作家的吩咐，在书山里等待着。与此同时，里间传来打印机的声音。

过了大约十分钟，作家拿着一沓稿纸走了出来。

"您已经写完了吗？！"男人喜笑颜开。

"还没，结尾还没想好。"

作家边说边不耐烦地把稿纸塞了过来。

"我现在还在写别的稿子。在告一段落之前，请你不要催我。"

"其他稿子？"

"和你有关系吗？作家同时写几份稿子，这难道很罕见吗？"

"的确……"

到底是谁在抱怨自己很多年都收不到约稿邀请的！

作家像是故意装出忙碌的样子一般，消失在了里间。

男人深吸一口气，压抑住心中的不耐烦。他想先简单翻一翻剧本。

他的目光落在稿纸上，站在原地读了起来，又翻到下一页。渐渐地，他翻页的速度快了起来。

"这……写得挺好嘛！"

他心中的不耐烦早已烟消云散。

富豪们之所以能为侦探游戏一掷千金，就是为了寻求真实杀人的刺激。不过，光是给他们看一看尸体恐怕是无法让这些人满意的，他们还对推理部分的质量有着极高要求。杀人方法、诡计、谜题、解题线索、舞台设定、登场人物等都要充满魅力，而且情节本身要毫无破绽——所有这些都是必要条件。而他手里的这份稿子，就完全满足了上述条件。

等他抬起头时，作家正双手抱胸，略带不安地看着他。看来，不管是多狂妄的作家，都还是在意自己作品的反响的。

"老师，您写得真好！"

他尽情夸赞了作家之后，对方立刻换回了那副高傲的态度。

"你提的条件太多了，所以写的时候有点卡壳。这种水平的稿子，我随时都能写出来。我可是专业的。"

这次，客人的要求一共有两个：分别是"连环杀人"和"比拟杀人"①。除此之外，男人还基于游戏的运营和推进情况提了一些其他要求。因此，写剧本成了一项殊为不易的工作，就像是拼起一张难度很高的拼图一样。

"现在，就剩下决定性证据的呈现方式还没想好了。"

剧本的结局还没有确定。

侦探游戏中，也不能缺少吸引客人的关键要素。比起诡计和谜团的趣味性，让扮演侦探的客人保持心情舒畅则更为重要，因为这决定了这些客人会不会成为回头客。而手段之一，就是决定性证据的呈现方式。如果能让客人享受到直击决定性证据、令凶手无处遁形的快感，那么即使游戏过程中出现一两处失误，客人

① 比拟杀人：模仿童谣、诗歌、传说、怪谈等文学作品中的场景进行杀人。——译者注

的满意度也会很高。

"最后的杀人案里，会流不少血的吧？"

"毕竟要把人家的头给砍下来。"

"那让凶手的身上沾上血，把这当作证据怎么样？"

只要把结尾确定下来，剧本就大功告成了。接下来就可以推进准备工作了。

男人希望就在这里把剧本给敲定下来。

然而，作家却朝他投来轻蔑的眼神。

"这也太平平无奇了，我不喜欢。"

管你喜欢不喜欢！

男人压抑住怒火，强颜欢笑，颇有耐心地继续提建议："那让凶手的身上沾满血怎么样呢？"

"哦？你是说'增加'血量？用上了奥斯本检核表法①。那么，突然大量喷血怎么样？"

"这个点子太棒了！"

"但是，真的有办法让凶手身上沾的血刚好不被周围人发现吗？那最简单的方式是，凶手用斗篷遮住血迹，然后侦探命令凶手把斗篷脱下来。"

"太好了！这么快就想出解决办法了，真不愧是您啊！"男人

---

① 奥斯本检核表法：一种帮助人们在原有思路基础上拓展新思路的检核表。包括以下内容：有无其他用途、能否借用、能否改变、能否扩大、能否缩小、能否代用、能否重新调整、能否颠倒、能否组合。——译者注

拍了拍手。

虽然他自己都觉得奉承得有点过了，但从作家的表情来看，对方并不这么觉得。

"毕竟我是专业的。"

"那就请您顺着这个思路往下写吧。明天可以写完吗？"

剧本只剩下结尾了，哪怕让自己来写都能写完了——不过如果这样做的话，作家肯定会生气的。无论如何，也得让作家自己把它写完。

"老师，拜托了！"

"哦。我写完另一份稿子就开始写这个。"

这家伙！

男人的胃开始隐隐作痛。

"老师，时间真的已经很紧张了，拜托您了！"

"知道了。你还是这么能使唤人。"

"谢谢您！"

男人一边连连鞠躬，一边又叮嘱了一遍。

坐上电梯后，男人突然感到非常疲惫，胃部疼痛难忍。

自己还得求那家伙到什么时候！如果找到了其他作家，第二天就要把这个人扫地出门！

不过话说回来，这次的危机总算是解除了。

男人怀着片刻的轻松和痛苦的回忆离开了这栋公寓。

而等作家送来剧本，已是一周后的事。

第二幕

欢迎来到奇岩馆

奇岩馆事件

1

一艘小型游轮行驶在加勒比海上。"佐藤"靠在船舷上。

自从登船以来,"佐藤"就一直一言不发。

虽然船体摇晃得有些吓人,但还有更让他心生不安的东西。

半天前,他们从波多黎各出发。出发前,有人命令他化名"佐藤"登上这艘游轮。从那以后,佐藤不知道自己将被带往何方,也不知道等待着自己的将是什么,他在异国他乡被切断了一切信息来源。而且,他刚一出发就开始晕船,现在已是身心俱疲。他来到甲板上,呼吸着新鲜空气,试图稍微缓解那种恶心的感觉。然而,他总觉得自己随时会被甩到海里,于是只能紧紧抓住船舷上的扶手。

佐藤。佐藤。佐藤。

他无所事事,不断重复着这个匆忙中被塞给自己的名字。

时值冬季,至少几天前离开日本的时候,自己还穿着大衣。可现在自己身上的衣服已经换成了短袖,令人不适的湿气包裹着自己的整个身体。

远处能看到数座小岛。看来船只已经穿过了某国的国境。

这到底是怎么回事……

他已经开始后悔了。

半个月前，他报名了一份兼职工作，并接受了面试。面试时被问到的问题是：是否有护照，是否有亲属，是否了解推理。工作内容是：在外国的某处豪宅待上三天，食宿全包。虽然从日本到外国确实费时费力，但仅仅三天就能获得百万日元的报酬。

真是份不错的工作——如果说自己没有为之心动的话，那肯定是在说谎。

不过，佐藤来此还另有目的。

半年前，和他一起打零工的德永人间蒸发了。

因为经济拮据，佐藤没能上大学，对求职也不怎么上心，所以到了二十多岁还在做着那种有一天没一天的"自由职业"。对他而言，德永是唯一可以交心的朋友。不过在外人看来，两个人倒也没有多亲密。

佐藤和德永是在打零工时认识的。他们每天被分派的工作内容几乎都不一样，有打扫楼房、疏通下水道、公园绿化等。佐藤和德永几乎每天都会当班，所以经常在打工时碰面，慢慢地就搭上了话。两人都很少跟家人亲戚来往，也没什么朋友，境遇很是相似。德永绝对算不上外向。两人除了打工以外从没见过面，也没有在工作结束后一起吃过饭。不过佐藤觉得，在工作时和德永交流，让自己勉强没有与社会彻底脱节，而且……

"我就可以把钱还给德永了。"

佐藤在玩老虎机把钱输光的第二天，在工作现场找德永借了一万日元。虽然德永一直在催促还钱，但佐藤总是不断拖延。直到突然有一天，德永辞工了。

终于可以不用还钱了。

——但佐藤并没有多高兴，他更多的是感到孤独。

打工处的老板也不知道德永辞职的理由。兼职人员的流动性本来就很强，对老板而言，德永不过是登录在册的一枚棋子罢了。老板大概连德永的身世都不了解。

私底下，德永几乎和任何人都不联系，所以佐藤完全失去了关于德永的消息。唯一剩下的线索是，德永在消失前不久提到过"有一份不错的工作"——只要在指定场所待上几天，就能拿到高额报酬。

德永说这话的时候，脸上露出了天真的笑容。

佐藤在求职网站和社交网上仔仔细细地搜索了一遍，没有找到类似的信息。不过，当他把搜索信息当成日常打发时间的习惯时，却无意间找到了这份工作。

佐藤怀疑这可能是协助犯罪的灰色工作，但对方并没有要求他帮忙运送什么东西。只要在对方指定的房子里待上几天就好。以前也曾有类似的高薪工作引起热议——只需要在某处待够指定时间即可，美国航空航天局愿意为此支付两万美元。

这大概也是某种研究吧。即使找不到德永，自己也能拿到高额报酬……

带着这样的想法，佐藤报了名。

报名条件中"喜欢推理"这一条也深深诱惑着佐藤。

面试给人一种门槛很高的感觉。不过不知道是被佐藤的哪一点所打动，面试官最终决定录用他。可是，直到面试结束，面试官都没有透露更多信息，这一点让佐藤颇感疑虑。他望向甲板的一处角落——一个戴着眼镜的年轻男人正盯着大海看得入神。

除了佐藤以外，船上还有两位乘客。他们都是日本人，看起来与自己年龄相仿。不过，这个站在甲板上的男人面容出众，看起来充满理性，与自己不像是同一个世界的人。

另一个男人则坐在船舱里。透过T恤也能看到他的大肚腩。他虽然修剪过头发，面色却给人一种不注重保养的感觉。他眼神阴暗，带有一股忧郁之气。现在，他正坐在那里读着一本文库本图书。那是一本推理小说，主人公是个露营向导。佐藤最近刚好也读过这篇小说。不安之际突然遇到同好，这让佐藤十分开心。

"那个，打扰一下……"

佐藤在船舱入口处冲对方打招呼。

大肚腩略显不快地瞥了一眼佐藤。

"那本书挺有意思的吧？"佐藤挤出笑容，说道。

大肚腩把目光重新拉回书上，不耐烦地说："一般吧。"

什么嘛，明明很有意思！虽然满腹牢骚，但……

佐藤还是努力寻找着话题，希望能找到一个聊得来的旅伴，缓解心中的不安。

"您也喜欢推理吗？我也……"

"不好意思，可以不跟我说话吗？我正在看书。"

"是吗……"

被同好拒绝了的佐藤再次握紧了栏杆。

这种被孤立的感觉让他不禁回想起面试时的情景。

除了打工以外，佐藤几乎把所有的时间都花在了阅读推理小说上。在面试时，他提到了这一点，于是面试官问道："你最喜欢的作品是哪一本？"

回答一些狂热推理迷会喜欢的作品，大概能拿到高分吧。

佐藤犹豫了一下，思考了一会儿，最终答道："《名侦探柯南》。"

这部作品，从小时候到现在，从连载漫画到动漫，他一集也未曾落下。虽然其他作品也曾给自己留下更深的印象，但事实上自己接触时间最长的推理作品还是这个持续更新的系列。同时，佐藤这么回答也是为了接下来能更好地和面试官展开对话。

面试官露出一副微妙的表情。佐藤感觉自己的面试要泡汤了，有些后悔。不过第二天，他还是接到了面试通过的通知。

现在，大肚腩也在读推理小说。莫非这个男人也是通过面试被选拔来的吗？

录用的决定性因素是喜欢推理——如果真是这样的话，那佐藤就更不明白雇主的真正意图了。

大约过了半小时，游轮在一座孤岛靠岸了。佐藤等人被命令直接下船——没有任何人来向他们说明情况。

这座岛屿比东京巨蛋①大，但还不及一个小镇或村落的规模。尽管岛屿很小，却有一个正式的栈桥，显然这里一直有人类活动。岛屿侧面是悬崖峭壁，悬崖之上树木丛生。更远处则是高耸的岩石山脉。

眼镜男和大肚腩也从甲板上走了下来。三个人都没带多少行李。

目送船只离开岛屿后，眼镜男对大肚腩小声说道："走吧。"

他们背起行李，沿着建在悬崖上的阶梯拾级而上。佐藤也一言不发地跟在他们身后。阶梯的尽头是一片森林，一条柏油路笔直地通向远方。

三人穿过森林，佐藤忍不住发出惊呼。

一栋木制的三层洋馆赫然出现在他们面前。

真是一幅奇妙的光景。

这座洋馆建在山丘上，侧面一直延伸到悬崖跟前。洋馆后是高耸的岩石山脉，洋馆的后侧墙壁就靠在山脉上。

在门柱的名牌上，雕有"御影堂"三个字。

虽然把建在加勒比海小岛上的建筑称为"洋馆"略显奇怪，但这座建筑看起来就和日本明治到昭和初期的洋馆一模一样。

眼镜男瞥了瞥佐藤和大肚腩，说道："这就是奇岩馆。"

奇岩馆？

佐藤感觉这几个字有点耳熟。在莫里斯·勒布朗的系列作品

---

① 东京巨蛋：位于日本东京文京区的体育馆，约有 5.5 万个座位。——译者注

《怪盗绅士亚森·罗宾》中，就有一个叫"奇岩城"的地方。显然，这座洋馆就是借鉴了"奇岩城"的名字。

他们就是要在这里度过三天吗？

眼镜男率先走进了大开着的院门，佐藤和大肚腩也跟了进去。三人站在洋馆的玄关处按响门铃。很快，一名中年男子从向两侧打开的大门里走了出来。

"我叫神。"眼镜男报上了自己的名字。

中年男子礼仪周全地鞠了一躬："您是推理研究会的成员吧？让您久等了。我是这里的管家小园间。旁边这位是山根先生吗？"

"正是。"

大肚腩（也就是山根）点了点头。

"我听说小姐在研究会的朋友一共只有两位。请问您是……"

小园间疑惑地看向佐藤。

"啊……那个……我叫佐藤。"佐藤磕磕绊绊地回答道。

小园间重重地点了点头："老爷提起过您。听说您一直在环游世界？"

"……是的。"

直到今天早上，佐藤都几乎没有得到任何相关信息。开船前，终于有一个自称工作人员的人命令他，要自称"旅行者佐藤"，而且对方还让他记住这样一个设定：他和名叫御影堂治定的富豪是偶然在旅行途中结识，并被富豪邀请到这座岛上来的。

佐藤在来之前一共收到了三条指令。

第一，在岛期间尽量不要和周围人交流，即使有人和他搭话，也要敷衍几句，尽快结束对话。

第二，绝不能告诉别人自己是来这里打工的，也不能打听其他人的来历。

第三，无论发生什么，都要继续履行自己的职责。

从小园间的语气来看，对方已经知道了他是"旅行者佐藤"。

"那么，诸位请跟我进来吧。"

小园间带领三人进入洋馆。他们进入铺满胭脂色绒毯的大厅，正对面是一条通往上层的巨大楼梯。

是空调吗……刚一进入洋馆，湿气带来的不适便消失殆尽，几人颇感凉意。

小园间笑着对佐藤说道："老爷会在后天回来。请您先在这里随意休息。"

不知道是不是故意的，佐藤总觉得对方的笑意未达眼底。洋馆的主人御影堂还没回来，自己这个旅行者却比主人提前到访。

佐藤明白了自己的处境，于是朝小园间点了点头。

这时，传来一个年轻女子的声音。

"看来你们没有迷路呀。"

抬头一看，一位身着无缝连衣裙的女子正从楼梯上款款走下。

"霞久，这一路的距离，比你说的还要远得多啊。"眼镜男（也就是神）笑道。

"这可是我第一次听见神前辈诉苦。看来，我这次邀请你们真是值了。"

那名被唤作"霞久"的女子优雅地笑了笑。她看起来既像个成年女性，又像个女高中生。

"在长途旅行之后，没有人不会感到疲惫吧。你说是吧？"神转而朝山根说道。

山根喃喃道："嗯，是的。"

"山根，这次你也来了，我真开心。这样我们几个就能找点乐子了。这里什么也没有，真是无聊极了。我真想早点回到推理研究会的活动室去。"

霞久大概是这座洋馆里的人。从对话内容来看，霞久、神和山根似乎都是同一所大学推理研究会的成员。

佐藤既不了解大学体系，又没接触过社团活动，不禁面露尴尬。

霞久朝他微笑了一下。

她的眼睛很大，眼角微垂，鼻子小巧可爱，嘴唇略有些厚。自然的妆容更衬托出她端正的面孔，大方得体的动作昭示着她的良好教养。

"初次见面请多关照。我是御影堂治定的女儿，霞久。"

"请……请多关照。"佐藤慌忙点了点头。

头顶的门铃响起。

"还有其他客人吗？"霞久朝小园间问道。

"还有一位老爷的朋友要来。请几位在那边的接待室稍事休息，我稍后就带几位到各自的房间去。"

"谈话室也可以吧？我带大家过去。请跟我来。"

在霞久的邀请下，神和山根朝大楼梯走去，佐藤也紧跟在他们身后。

来到二层，霞久打开了位于中央的房间的房门，让三人进去。

队伍最后的佐藤边往前走边深深鞠躬。

霞久没有鞠躬，而是朝他笑了笑。近距离看时，她的面容更是美丽动人。

佐藤暗骂自己太容易对人一见钟情。

进入谈话室后，首先映入眼帘的是房间深处立着的木雕——那是一座比真人略小两圈的神将①像。雕像面露怒相，右手持矛，左掌前伸，口中还衔着一柄短刀。

佐藤正手足无措地望着神将像时，背后传来一个爽朗的声音。

"真壮观。"

小园间带着一个男人走进了谈话室。那男人看起来不到三十岁，衣着十分得体。

男人刚走进房间，就朝神像走去："这座神像很有气势啊。"

"天河先生，那柄短刀是可以取下来的，请您小心，别碰到它。"

"哦，真是不好意思。"

---

① 神将：佛教中的护法神祇。——译者注

那个被唤作"天河"的男人在被小园间温声提醒后，挠了挠头。

之后，他转过身来，环视屋内众人："还没向大家介绍我的名字，真是太失礼了。我姓天河，叫天河怜太。遗憾的是，这个'河'字需要浊读①。"

天河似乎觉得自己讲了个好笑的笑话，但没有一个人回应。

小园间和霞久正在走廊里说话。

不知道是不是想得到别人的回应，天河朝近处的佐藤笑了笑。

"哈哈，原来是需要浊读的天河先生啊……"

佐藤没法无视对方，于是简短地回复了一句。

"各位，非常抱歉。"霞久再次发话。

"需要住宿的客人比原定人数有所增加，请各位谅解。"小园间补充道，"送天河先生上岛的船只好像出了故障，一位乘客和船长需要紧急避难。这座岛上并没有定期来往的船只，所以我们想等后天老爷坐船回来后，用他的船送这位乘客和船长回去。"

佐藤根本没有拒绝的权利，于是沉默地点了点头。

神和山根也并未表示反对。

"谢谢大家。"

小园间鞠了一躬，回到大厅。

---

① 天河：天河这个姓氏在日语中的读音一般是 Tenkawa，但天河怜太介绍自己姓氏中的"河"字需要浊读作 gawa，因此他的全名读作 Tengawa Reita。——译者注

"太好了。我也觉得有义务这样做。这艘船本来是要去其他岛屿的，是在我的恳求下才顺路到这座岛上来的，结果途中船突然动不了了。不过，从某种意义上来说，绕道到这座岛上也是幸运的，毕竟这样他们就能在这里避难了……"

这男人可真能说。

为了避免他再找自己搭话，佐藤不露声色地与天河拉开了距离。

谈话室里没有窗户。

佐藤开始回忆洋馆的外观。洋馆的背面与岩石山脉相接，他不无武断地推测，这里因此而无法凿出窗户。如果自然风无法通过窗户吹进来，室内应该会非常潮湿。但似乎是空调除去了大部分湿气，所以室内并不潮湿。

谈话室的侧壁上，是一整面气派的书架，上面摆着的全都是外文书籍。

佐藤的英语虽然很差劲，但却能读懂书脊上的书名。

A Study in Scarlet（《血字的研究》）、*The Sign of Four*（《四签名》）、*The Adventures of Sherlock Holmes*（《福尔摩斯历险记》）……

是《夏洛克·福尔摩斯》系列的英文原著。即使是用英文写成，佐藤还是认得这些书名的。

他顺着书架上的书脊一一看去。西·奥古斯特·杜宾[1]、亚

---

[1] 西·奥古斯特·杜宾：爱伦·坡小说《毛格街血案》中登场的侦探。——译者注

森·罗宾①、布朗神父②、埃勒里·奎因③，全都是本格派中如雷贯耳的名字。眼前这幅壮观的景象让佐藤心潮澎湃。

其中也有些题目是佐藤不认识的。他把目光转向旁边的书架，这里摆放的都是日本的推理小说，同样都是本格派，还有些是儿童读物。

佐藤正要把手伸向其中一册，又赶忙收回了手。好险好险，差点儿就要失去理智了。

那本书的书脊上写着："黄金假面④"。

"请到这边来。请在这里稍等片刻，我去帮你们收拾房间。"

小园间把来岛上避难的船长和乘客领进来，房间内的气氛随之一变。

先走进来的是一位不到四十岁的女性。她穿着西装外套和西裤，虽然衣着给人以冰冷生硬的印象，表情却很柔和，说话方式也相当亲切得体。

"突然到府上叨扰，实在非常抱歉。我叫蒲生日日子！"

"她的职业可是相当了不起。"

日日子刚介绍完自己，天河就迫不及待地插话。

"快把你的职业告诉他们吧！"

---

① 亚森·罗宾：莫里斯·勒布朗笔下的怪盗绅士。——译者注
② 布朗神父：G.K.切斯特顿笔下的名侦探。——译者注
③ 埃勒里·奎因：曼弗雷德·班宁顿·李和弗雷德里克·丹奈兄弟笔下的侦探小说作家兼侦探。——译者注
④ 《黄金假面》：江户川乱步的经典推理作品。——译者注

"那个……我是从事猎奇犯罪学研究的!"

"猎奇犯罪学……您是专门研究猎奇杀人的学者吗?"神意味深长地问道。

"是的,没错……有什么奇怪吗?"

"完全没有!太厉害了!"

日日子被天河夸赞一番后,忍不住笑了起来。

世界上竟然还有猎奇犯罪学这门学问?在推理的世界里,职业划分真是越来越细致了。侦探不再是普通的侦探,而是专门从事某方面研究的侦探。如果侦探的身份设定为学者,那也不仅仅是犯罪学家,而且是某个细分领域的犯罪学家;也不只是普通的法医学家,而且是专注于某个细分领域的法医学家。推理作家们通过细分化和专门化的方式,凸显自己作品和先前作品的不同之处。说起来,自己最近还读过一本以"临床法医学者"为主人公的推理小说呢。

"快进来吧,您别客气。"

在小园间的催促下,另一名年长的男性走进房间。他用帽子、墨镜和口罩遮住了整张脸,一言不发地伫立在原地。天河和日日子刚刚活跃起来的气氛,一下子又沉闷了下去。

"这位是船长先生。"

见船长本人没有要打招呼的意思,小园间便替他做了介绍。

船长刚刚在小园间的邀请下走进了房间,看样子是懂日语的,可是他看起来完全不想跟周围人进行任何沟通。不知道是不是因为他在上岛的航程中也是这个样子,天河看起来也完全不想跟他搭话。

"幸好，从现在的人数来看，房间和食材都是足够的。接下来就让我们开始分配房间吧。这里无法使用手机，所以诸位如果想和外界联系的话，请使用那边的电话。"

小园间指了指大门旁边。

佐藤花了好几秒的时间才确定那确实是个电话。

那是个话筒和听筒分离的壁挂式电话。佐藤只在描述"二战"前后故事的电影里见过这种电话。看起来，洋馆的主人对每一个细节都十分讲究。

"那个……请问这里有无线网吗?"日日子不好意思地问道。

"没有。这里只通了电。"小园间不好意思地答道。

"也没有电视。实在是相当无聊。"霞久一脸嫌弃地说。

"小姐!"小园间正要说霞久两句时，一位身穿围裙的年长女性走了进来。

"看来房间已经整理好了。我和香坂一起带大家过去吧。"

那位穿着围裙站在小园间身边的女性朝大家深鞠了一躬。

"天河先生和佐藤先生的房间在一层的馆主客房。"

"一层? 不错不错。"天河兴奋地答道。

"那我带你们过去。"

小园间正要带他们出发，天河伸手拦住了他:"稍等，我还想再看一会儿这座雕像。"

"原来如此。那我先带住在二层的几位客人过去吧。"

小园间和香坂领着神等一行人离开了房间。

房间里只剩下佐藤、天河和霞久三人。

真想早点一个人待着啊！佐藤带着些许恨意看向天河。

天河却还在悠闲地看着神将像。

霞久朝天河走过去，说道："抱歉，刚刚没来得及跟您打招呼，我是御影堂霞久。"

霞久很适合微笑。她的笑容毫不做作，散发着高雅的魅力。原来这就是出身良好的大小姐……佐藤为之倾倒。

"天河先生，看来您以前也来过这里？"

霞久没有留意到佐藤的目光，继续平静地询问天河。

"是的，来玩过几回。我和治定先生是通过魔术认识的好友，邀请我加入魔幻俱乐部的也是治定先生。"

"魔幻俱乐部？"佐藤忍不住问道。

"是一个由社会人士组成的魔术同好会。"天河盯着神将像豪爽地答道。

泡坂妻夫①的作品里也出现过一个同名的魔幻俱乐部。大概天河提到的这个名字就是从小说中借鉴而来的吧。佐藤虽然强忍着没有把这一点指出来，但总觉得有些诡异，心中略感不安。

"我们是第一次见面吧？"霞久试探似的问道。

"是吧？大概是。"天河笑着回答。

霞久像松了一口气似的，表情也放松下来。

"确实是第一次见面！我刚才还在想，如果我以前就见过您，

① 泡坂妻夫：日本推理小说家兼魔术师。魔幻俱乐部出现于其代表作《十一张牌》中。——译者注

那该怎么办呢？我焦虑得不行！如果我竟失礼到连您的长相都忘记了的话，我父亲一定会批评我的。"

"终于和您见上面了，我非常开心。"

"我也不是一直都住在这里，只有大学放假时才会过来。"

"现在是假期吗？"

"不是。我的学分已经修满了，所以直到毕业典礼之前，都会和我父亲一起住在这里。早知道这里是这个样子，我就不急着修满学分了，现在后悔也晚了。"

"怎么能这样说呢？奇岩馆这地方多好啊。"

"一点也不好，闲得要死，所以我才会请社团的前辈和同学过来。其实我还想多叫点人过来的，但这里实在是太远了，只有他们两个人答应了我的邀请。"

她说的大概就是神和山根吧。

在佐藤兀自思索时，霞久突然把视线转向了他："我和佐藤先生也是第一次见面吧？佐藤先生是怎么认识家父的呢？"

虽然这只是一个十分简单的问题，但佐藤还是紧张了起来。

如果答错了，他可就要遇上麻烦了。

"我是在旅途中和令尊熟悉起来的……所以……"

"哦，原来如此。家父也真是的，明明自己不在家，却还要把朋友邀请过来。他说这是希望客人能尽量在这里多待些日子，我倒觉得他是为了炫耀这座洋馆。不过，就是要辛苦小园间他们负责接待了。对了，刚刚我说的话，请您千万别告诉我的父亲。"

"好……"

尽量不要和周围人产生联系——佐藤在刚听到这个条件的时候，以为会很容易做到，但当真正置身其中时，却发现其实相当困难。刚刚也是，明明自己该说点什么来附和对方，却让霞久一个人自言自语似的说下去。霞久一定觉得自己是个冷酷无礼、完全不会讲话的人吧。

"久等了。我现在带两位去房间。"小园间回来了。

他们在小园间的带领下走下楼梯，来到一层。

大厅里靠海的一侧是接待室和餐厅。走下楼梯后，小园间在走廊里转了个弯，朝与接待室相反的方向走去。

"这里是佐藤先生的房间。钥匙放在房间里，请您随意取用。"

在一个装饰着数幅绘画的空间两侧，各有一间客房。

"里面这间就是天河先生的房间。"

佐藤和天河相互告别后，进入了各自的房间。

打开房门后，佐藤睁大了双眼。

不愧是馆主邀请的客人专用的客房。分配给佐藤的这间房间十分宽阔，床、一人位扶手沙发、橱柜、衣柜等基本家具一应俱全。从窗户向外望去，可以看到他们走来时穿过的那片森林。

佐藤把行李放在扶手沙发上后，一下子倒在床上。他紧张的心情终于放松了下来。

这里究竟在上演着什么戏码？他现在依然毫无头绪。他只是隐隐感觉到，自己被当作了某种棋子。

不过，自己也早已习惯了被人当作棋子，不是吗？佐藤自嘲地枕在了自己的手臂上。

闭上眼睛，他眼前浮现出酷暑之下在工地干活的情景。T恤和裤子都沾满了泥浆，整个人汗如雨下。刚坐在路边休息一会儿，现场督察就拿着超市的袋子走了过来。

——喝点水。

全职、兼职的工人们都围过来领取瓶装水。佐藤客气地最后一个伸手，但这时水已经一瓶都不剩了。

——少了一瓶啊……那你就别喝了吧。

尽管对方说得如此轻蔑，佐藤还是赔了个笑脸。他甚至都没有感到不甘，因为他一直过的都是这样的生活。

下一个镜头是在自己住的公寓里。他在电话里说自己要辞工，对方立刻答应下来。

德永突然辞职时，大概也是这样的心境吧。德永大概也觉得自己必须改变这样的人生，并为此而苦恼不已吧。虽然佐藤无从得知德永的真实想法，但佐藤觉得德永的辞职很可能与这份工作有关。

最后一次见面时，德永对自己的新工作三缄其口。明明前几天还随口谈道："我找到一份不错的工作。"此时的态度却截然不同。而对方在录用佐藤时，也要求他不能向外界透露任何相关信息。不过对佐藤来说，即使对方没有提出这个要求，他也无人可倾诉。大概雇主也看穿了这一点。德永虽然也同样孤独，但德永身边至少还有一个与他有着极微弱联系的人（尽管这人连他的"朋友"都称不上）。而这个连朋友都称不上的人，现在正以"佐藤"

的身份出现在这里。

实在太累了。

佐藤停止了思考，进入了梦乡。

2

小园间走在只有用人才能进入的走廊里，用双手摸了摸自己的脸颊。

有好几次他都差点儿说错自己的名字。上次还是神父"古手川"，这次就摇身一变成了管家"小园间"。

真是太容易弄错了。

"拜托下次起名字时注意点！"他在心中默默诅咒着那个作家。

不对，现在可不是为了这种问题生气的时候。本来问题就已经堆积如山了，他的心情怎么也无法平静下来。

他们按照"侦探"的要求布置了这次的舞台。尽管听起来像是在自吹自擂，但他觉得这次完成得很好。虽然洋馆的主体部分是翻新的原有建筑，但外观却和真正的古老洋馆一模一样，推理迷们一定会觉得非常浪漫。

安全措施方面也毫无破绽。这里是加勒比海上的孤岛群，很难受到地方警察的干涉，佛罗里达州的大富豪们长年用来开违法派对的岛屿也在这附近。而且侦探游戏是不定期举办的，不必担心被警察发现。不过……

"这一个个的真是！"小园间小声骂道。

客户提出的无理要求中暗藏着几分隐患。拜客户所赐，后台出现了各种大大小小的突发事件。小园间总是希望所有事情都能按计划推进，对他来说，突发变化非常费心劳神。

被逼到如此地步尚属首次。如果可能的话，他恨不得直接叫停这次游戏，但现在已经投入了大量金钱，没法再临时叫停。无论是中途叫停还是出现失误，小园间都要承担重大责任。最坏的情况下，他甚至会丢掉这份工作。

决不能被击垮！

小园间朝厨房看去。主厨真锅正在向工作人员下达指令，准备晚餐。香坂也在忙碌着。

"肉做得怎么样了？"小园间站在不会妨碍众人的地方，向真锅问道。

真锅转过身来："总算是快做好了。"

"太好了，又完成一项任务。"

由于供货商的工作失误，他们今早收到的肉只有下单量的一半。虽然马上重新下了一单，但附近商店里的肉都已经卖光了，他们只好临时更改菜单。另外，好几间客房的下水道也无法正常使用，小园间等人又赶忙修理排水管道。直到推理研究会等一行人登岛前不久，管道才刚刚修好。

"真像是在走钢索。"小园间长舒一口气，"能按时吃上晚饭吗？"

"没问题。"真锅答道。

小园间正色道："那么，香坂，现在请大家到餐厅去吧。"

小园间和香坂分头前往各个房间，把客人们集中到餐厅。

餐厅里的桌子很大，可以轻松容纳十个人。

客人们在各自的座位上大快朵颐，那道肉菜也备受好评。小园间暗自松了口气。

不只这一次，"侦探"会为每次游戏支付数亿日元的巨款。不光是杀人环节和解谜环节，其他所有服务也必须面面俱到，否则他们就会接到客人的投诉，尤其是餐食的部分。这次多亏了真锅灵机一动，才算把这分量不大的肉菜顺利端上了餐桌。不过，这样却反而凸显了这道菜的珍贵。当然，小园间对菜肴本身的味道也颇有信心。

正将小块肉一点点送入口中的"侦探"似乎也十分满意。

小园间与正在侍餐的真锅彼此交换个眼神，暗中称赞着对方艰苦卓绝的努力。

"侦探"想喝点酒，于是真锅从最高级的酒中，选了一种与今天的肉相配的红酒端上了餐桌。

趁着真锅倒红酒的工夫，小园间开始一一介绍御影堂家的工作人员。香坂、真锅都向客人们鞠了躬。其实，还有很多其他人员（包括厨师、技术人员等）正在后台等待，不过他们和剧情无关，所以小园间便隐去了他们的存在。

"下一位并不是工作人员。这位是老爷的主治医生，白井医生。"

被小园间介绍到名字后，一直坐在宴席一角的中年男人白井站了起来，朝大家鞠了一躬："我叫白井，一直跟在御影堂先生身边。可是御影堂先生说，我如果太啰唆的话，就别跟着他去工作了。所以没办法，这次我被他留下看家了。"

几位客人同时笑了起来。

"如果哪位客人喜欢扑克牌的话，我们一定要一起玩几局。"

说完这几句轻松而又让人寻不到错处的话后，白井坐了下来。

"请大家慢用慢聊吧。"

小园间说完正准备离开，"侦探"突然举起手来。"侦探"早早换上一副干劲满满的表情——明明案件还没发生呢。

"侦探"环视整张餐桌，动作就像是在演戏似的，接着说道："船长还没来。"

这是个预料之中的问题。小园间尽量冷静下来答道："船长说他没有食欲，现在还在房间里。"

"侦探"一脸怀疑。

"他说自己没有哪里不舒服，请各位不必担心。之后我会把饭菜送到他房间里。"

为了不让"侦探"继续追问，小园间故意说得很强硬。

"侦探"似乎还是无法接受这个回答，但饭菜和红酒渐渐让"侦探"的心情好转起来。

客人们也三三两两地打开了话匣。

"霞久小姐都大四了呀！工作确定了吗？"日日子和霞久热聊起女生之间的话题。

"暂时先在我父亲的公司工作。"

"是吗？这工作很好呀！"

"到现在还托庇于父亲，真是惭愧。不过，好歹也算是走上社会了。我可比神前辈更像个成年人——他就因为不想找工作，才去读了研究生。"

霞久嘲笑着神。

神耸了耸肩，换了个话题："话说谈话室里的书架，可真是壮观！"

"哦？你注意到了？"

"虽然书架上只摆了本格派的作品，但里面的书比专门的本格派图书馆还要齐全。"

"书架？"日日子不解地问。

佐藤也兴致勃勃地听着。

"那都是我父亲的藏书，几乎全是本格派作品，日本和外国的都有。"

"令尊很喜欢推理小说吗？"

"是的。他甚至为此而建造了这座名为奇岩馆的别墅。"

"抱歉，推理小说我只读过尽人皆知的那几本。"

"在亚森·罗宾的故事里，曾出现过一个名叫奇岩城的据点。"

"所以说，这里就是令尊的'据点'吗？"

"他还真是孩子气，除了工作以外，只关注两件事：一是推理，二是魔术。不过，话说回来，我喜欢推理小说也是受我父亲的影响。"霞久苦笑道。

这时，一直安静地坐在神旁边的山根突然向后弓起身体。

"啊！"

祥和的气氛瞬间僵住了。

山根看着旁边的天河瑟瑟发抖。

"哦，不好意思。吓到你了吧。"

天河笑了笑——他手里正拿着一把刀刃足有三十厘米的刀子。

"来这里之前，我还去过另一座岛，这把刀就是在那里买的。这种短弯刀是当地人经常使用的农业用刀，据说以前的海盗也爱用这种刀。我觉得用来当魔术道具刚好，所以便买了一把小的。"

"天河先生是魔术师吗？"日日子对"魔术"这个词反应很大，两眼放光。

"只是个外行罢了，我的主业是经营公司。"

"原来您是青年实业家！真厉害！"霞久也加入了对话。

"过誉过誉。和御影堂集团比起来就是小本生意了。"

"我父亲也不过是从祖父手里继承了家业而已。"

"那未来会让霞久小姐继承吗？"

"啊？我可干不了这活儿！"

以天河和霞久为中心，人们又热聊起来。

小园间看了看时钟。那人不会是忘了吧……为稳妥起见，还是提醒一下吧。

"小姐……"

"对了，各位。"被提醒到的霞久反应十分自然，看起来她并没有忘记。

"其实，我还有件事想向大家请教。"霞久转换了话题。

"前天我收到了一封信，不过，信的内容我却看不明白。请大家一定要帮我解读解读。小园间。"

小园间从口袋里拿出一封信，递给霞久。

"只靠推理研究会成员的力量无法解开这个谜团，真让人恼火。"

霞久把信传给众人看。

"侦探"的眼神落在信上，眉头蹙起，盯着信文看了一会儿后，脸上浮现出狂傲的笑容。其他人也陆续传看了信件，给出各自的反应：或津津有味，或面露不安，或全无表情。

最后，信件来到了佐藤手上。

佐藤凝望着手里的信，一动不动。

"请把信交给我吧。"小园间不动声色地从佐藤手里抽出了信件。

佐藤连忙说："不好意思。"说完继续埋头吃饭。

龙套就别想着解谜了……

小园间在心里骂道，接着把信放回了口袋里。

3

虽然信件被小园间夺走，但信上的文字还是深深印在了佐藤脑中。

乱步隐，

正史闭，

最后彬光被拔下头颅。

关于这封信，客人们提出了各种各样的问题，霞久一一给出
回答。

信封上只写了收件人的名字，没写寄件人的名字和住所。信
纸上的字和信封上收件人的名字都是打印出来的，并非手写，所
以无法进行笔迹鉴定。霞久也不知道自己为什么会收到这样一
封信。

"这个谜的确很难解开。我们很难仅仅根据这封信来判断它究
竟只是个暗号，还是封恐吓信。"天河兴致勃勃地说道。

"现在唯一清楚的，只有三个人的名字。'乱步''正史'和
'彬光'。"

神边吃边说："它们分别指向江户川乱步、横沟正史和高木彬
光——这样想应该没什么问题吧？"

佐藤也能推理出神提到的这些内容。

神继续着他的推理表演："他们都是奠定了日本推理小说基础
的著名作家。不过，如果把他们三个人的名字放在一起，就会产
生另一层含义。"

"你是说日本三大侦探角色的创作者吧？他们分别创造出了明

智小五郎、金田一耕助和神津恭介这三个侦探角色。这一点我也能看得出来。"霞久回应道。

日日子轻轻鼓掌:"霞久小姐,您了解得真多。真不愧是推理研究会的成员!"

"没有、没有。对推理迷来说,这比'世界三大美女是谁?'的问题还要好答。"霞久害羞地谦让了两句。

"原来如此!等等,世界三大美女都有谁来着?"日日子陷入沉思。

神看都没看日日子,接着说道:"从中我们可以做出推测:寄信人应该酷爱推理。"

"毕竟那人给推理研究会的成员寄来了这封怪信,信中提到了三大推理作家。前辈,真不愧是你!"

这次,轮到霞久吹捧神了。

不过,神完全没有谦虚客气一下,反而得意扬扬地吸了吸鼻子。

"我总有种不祥的预感。"天河说道。

"第一行是'乱步隐',第二行是'正史闭',这两句还可以当作寻宝的线索。但第三行的'最后彬光被拔下头颅',它意味着……"

天河环视众人。

"杀人预告。"

餐桌四周一片寂静。

"杀人吗?!如果真是这样的话,这就是我的工作范围了!"

日日子半开玩笑地打破了沉默。

其他人的表情也相当轻松，看起来并没有真的把这封信放在心上。

佐藤也认真不起来。虽然"被拔下头颅"这句话让人有些不安，但如果直接把它解读为杀人预告的话，又显得思维太过跳跃了。

不过，佐藤还是无法无视这封信。如果这座洋馆真的与德永的失踪有关，那么他绝不能忽略这里发生的任何事情。

佐藤不仅侧耳倾听着周围人的对话，还仔细观察着他们的表情。除了日日子以外，其他人都表现得对推理颇感兴趣。日日子虽然对小说比较陌生，但也是研究猎奇犯罪的学者。可以说，在这个诡异的空间里，集结了很多对犯罪感兴趣的人。

"佐藤先生，请问饭菜的味道怎么样呢？"

直到小园间突然向他提问，佐藤才发现自己刚刚的举动有多么古怪。他的左右张望让现场的气氛变得有些尴尬。

"啊……好，好吃。"佐藤自责地低下了头。

之后，那封古怪的来信成了晚宴中的一个话题，客人们讨论得越发热烈。不过，他们没能讨论出任何结果，这场推理游戏也仅仅是作为"餐桌点缀"，随着晚宴的结束而告一段落。

4

确认了所有人都已离开餐厅后，小园间回到一层的管家室。

他锁上房门，把手掌贴在里侧墙壁上。墙壁无声地开启，门后赫然出现一段通往地下的楼梯。虽然房门上用的是非常常见的圆筒锁，但墙壁上的隐形门用的却是最新型号的指纹锁。即便有人溜进这间房间，也发现不了墙壁上的机关。

小园间走下楼梯。在他身后，墙壁自动合拢。

和地面以上古香古色的木质建筑不同，洋馆的地下部分以现代化的混凝土建成，显得了无生气。穿过地下通道，他来到了司令室。这里是掘开洋馆后方的岩石山脉才建造而成的。管家室和司令室隔得挺远，所以如果在二者之间往返几个来回的话，那运动量也相当可观了。

快步疾走的小园间此时有些气喘。

司令室里有一张巨大的会议桌，桌边以相同的间隔摆了不少椅子。所有椅子都朝向同一方向——椅子对面的墙壁上挂满了监视器，共有十二台。监视器里实时显示着大厅、餐厅、谈话室和各间客房里的影像。

桌子对面，小园间的上司九条雅正一脸不耐地坐在那里。她穿了一身黑金相间的华贵和服，不过领口散乱，露出了肩膀，黑色的长发并未束起，而是任其披散在背后。

雅朝小园间投来锐利的目光。

小园间已经做好了心理准备——这位比他年轻的女上司大概又要开始训斥他了。

精致的浓妆让她散发出妖艳的魅力。不过，被她使唤的人只会觉得这个女人相当讨厌难缠。但这一次，雅只是瞥了一眼小园间，就重新看向监视器。

她竟然都不慰劳一下刚刚才完成重要工作的部下！不过万幸的是，她至少没有对小园间大发脾气。

监视器前的操作台旁，一位专业的技术人员专门负责操作设备。而在技术人员旁边，那位剧作家正双手抱胸，面前摆着一台打开的笔记本电脑。在这里，作家给自己起了个傲慢的代号"卡尔"——似乎是想告诉世人，自己是通晓密室诡计的才子[1]。电脑屏幕上正显示着一幅流程图。

"老师，没出什么问题吧？"

小园间向卡尔确认道。虽然出现了一些意外情况，但应该还在可控范围内。

"应该吧。"卡尔边打哈欠边回答。

虽然主办方会为侦探游戏准备极为缜密的剧本，但"侦探"的意外行为或现场的突发情况都可能导致游戏无法按照原定剧本顺利推进。因此，作家也会来到现场，随着剧情的推进随时对剧本进行调整。

"要求这要求那的，真是麻烦。"

雅用涂成红色的指甲一下又一下地敲着桌子。

"早知道我就多宰他们点钱了。他们提的这种要求，就是收两倍的钱……不对，就是收三倍的钱也不过分！"

"确实。"

---

[1] 卡尔：取自推理作家约翰·迪克森·卡尔之名。他与埃勒里·奎因和阿加莎·克里斯蒂并称推理"黄金时代三巨头"——译者注

虽然雅的谩骂听起来像是在自言自语，但小园间还是附和了她一句："找他们收的附加费用根本无法覆盖我们额外的支出。而且万一出现失误，还不知道他们会怎么投诉我们呢。"

雅冷冷地看向小园间。

如果出现失误，就是你的责任——小园间读出了雅眼神中对自己的恫吓。

这可是公司的大客户，如果上面的人知道"侦探"投诉了公司，就会涉及责任划分的问题。按理说责任应该由身为导演的雅来承担，但这位上司是有前科的。她还在总部工作的时候，每次面对来自"侦探"的重大投诉时，她都会把责任推给部下，自己选择断尾逃生。结果她的上司也注意到了这一点，于是把她发配到日本分公司来了。不过即使到了今天，她都没有放弃重回总部的野心。

"全都准备好了吗？只许成功，不许失败。"雅看向出现在监视器里的第一个死者。

"没问题。"

小园间一边腹诽，一边微微鞠了一躬。

"那个叫佐藤的小子是怎么回事？看起来有点不对劲。"

"应该是太紧张了吧，接下来他大概会越来越崩溃的。不过没关系，他不会影响到我们，他很依赖别人，很容易服从命令。万一他出现异常征兆，我也会很快处理好的。"

"别犹豫。"雅边说边站了起来。她撩起和服的裙裾，从内侧的房门离开了房间。

小园间感觉呼吸都突然顺畅了起来。

回过神来时，他听到一阵敲击键盘的声音。卡尔正专心致志地在电脑上写着文章。

"老师，是出了什么变化吗？"小园间忙问道。

"别跟我说话。我正在写稿子。"卡尔头也不回地说道。

"什么稿子？"

"与你无关。"

这家伙，难道是在做其他工作吗？

"老师……可现在您如果不集中精神做这里的工作的话……"

"我绝不允许任何人阻拦我得直木奖①！"

"您是打算出版吗？"

糟糕，一时嘴快了。

卡尔停止了敲击键盘，转过身来。他那双如铜铃般大的眼睛因为愤怒和耻辱而变得混浊不堪。

糟了！如果不赶紧把卡尔哄好的话，就大事不妙了……额外的工作又增加了。

小园间的心情十分低落。紧接着，他的心头涌起一阵不安。

明明事前准备得十分充分，突发状况的应对措施也检核完毕，但小园间总觉得漏掉了些什么。客户提出的无理要求和现场出现的意外让他疲于应对，连他自己也很难保证绝不会出现一丝疏漏。

———————————

① 直木奖：日本最高文学奖项之一，司马辽太郎、东野圭吾等作家都曾获此奖。——译者注

小园间的目光扫过十二台监视器，一一确认着馆内诸人的身影。

"没问题的……"他对自己说道。

随时都能开场。

让您久等了。

惨剧终于即将上演。

如您所知，本场游戏是一场连环杀人案，我们还为您精心添加了比拟杀人的元素。

各位将俯瞰一连串案件，甚至连后台区域发生的事都能尽收眼底。为了让各位能够欣赏到这个世界的所有角落，我们还准备了多种多样的机关道具。

这场惨剧的庆典将会一刻不停地进行到最后。请您尽情享受这场出格的娱乐活动吧！

第三幕

惨剧的侦探

奇岩馆事件

1

时差似乎还没完全倒过来。

佐藤回到房间，坐在皮质的扶手沙发上，呆呆地望向天花板。扶手沙发虽然是一人位的，但尺寸却做得很大，它的宽度比普通的沙发要宽一些，座位也很高。如果身材娇小的人贴着靠背坐下，双脚也许会悬空，无法触及地面。不过，这个尺寸反而让人感到身体被包裹其中，坐着十分舒适。

晚饭太美味了。

只做这点事就能拿到高额报酬——佐藤怎么想都觉得非常古怪，洋馆和这里的人都很古怪。他们明明应该身处加勒比海，但佐藤总觉得自己正在日本的古宅里。聚集在餐厅里的那些人，也是"打工"的吗？如果真是这样的话，那他未免也太镇定了。

如果硬要说哪个人像打工仔的话，就只有那个名叫山根的阴郁男人了。自己和山根，只有我们两个人极少说话。不过，如果山根是来打工的话，那神和霞久也……

"真是搞不懂！"佐藤嘟囔了一句，闭上了眼睛。

这里的一切都显得远离俗世，这种情况下，他实在懒得思考。

还没有找到关于德永的任何线索。虽然他还有机会搜寻线索，但大张旗鼓地搜索是不现实的。在晚宴上，一旦他聚精会神地倾听周围人的对话，就会引来小园间的严厉注视——大概是因为他表现出了对周围人的怀疑。看来，接下来还是遵照指令安分度日，拿到工钱才是正事。

佐藤被敲门声吓了一跳。

他差点儿就睡着了。

"我是天河。"门外传来一个人的声音。

佐藤连睁开眼睛都觉得困难，所以暂时没有回应。

"您已经睡了吗？机会难得，咱们能聊聊吗？"

天河的房间就在旁边。或许是因为其他客人都在二楼，所以他选择就近来找自己。

可是，自己接受了"不要和任何人说话"的命令……佐藤决定无视这位爱热闹的邻居。

等他蒙蒙眬眬睁开眼睛看表时，已经是晚上八点多了。澡可以留到明早再洗，但睡觉至少也要上床去睡吧。

佐藤的大脑虽然发出了这样的指令，但他的身体却一动不动，反驳着大脑的意见：就在沙发上也挺好的，快睡吧。大脑和身体之间的拉锯战就这么持续了好一会儿。

不知过了多久，房门外突然传来玻璃破碎的声音，紧接着是女子的尖叫声。

佐藤的身体一下子清醒了，猛地从沙发上跳了起来。可是，在抓住门把手的瞬间，他又开始犹豫。

不要多管闲事——这是不可撼动的铁律。可自己却要违反铁律了。可是，如果真的发生了什么意外的话……

佐藤看了看时钟，晚上九点半，已经过去一个半小时了吗？

他小心翼翼地打开门，看向走廊。走廊里空无一人。他朝大厅走去，每一步都很缓慢，很谨慎。如果有其他人跑过去的话，自己马上退回来就好了。

他看向大厅，看到接待室前正站着一位女子。

"佐藤先生……"

听到霞久叫自己的名字，佐藤下定决心走了过去。

"我听到有人尖叫……"

"不好意思。我突然听到一声巨响，所以……"

看来，发出尖叫的人正是霞久。

"是玻璃破碎的声音吧？"

"是的。"

"你知道声音是从哪里传来的吗？"

"应该是那边。"

霞久面色铁青，用手指了指佐藤背后——也就是他刚刚经过的走廊。似乎碎了的正是走廊另一侧的玻璃。

"佐藤先生没有受伤吧？"

"没有，我也是被声音吓了一跳才出来的。那我回去看看。"

他说完这句话，突然感觉到有人触碰了一下他的手臂，是霞久抓住了他。

"霞……霞久小姐?"

佐藤的心在狂跳,而且跳得越来越激烈——他甚至担心自己的心跳声会被霞久听到。

"其实,我刚才看见了一个奇怪的人影,朝那边过去了。"霞久紧张地看着走廊的尽头。

"刚才……是天河先生吗?"

"我不知道。那人只闪过了一瞬,而且穿了一身黑色……"

"走廊里一个人也没有。总之,咱们还是先过去看看吧。"

什么"铁律",此刻早已被佐藤忘到九霄云外了。

佐藤一心只想在霞久面前展现自己的男子气概,于是他回到走廊,重新站到房门前。

没有任何异常。

"咦?"他和霞久几乎同时注意到一件事。

里侧是天河的房间,房间前的走廊有些不对劲——走廊上铺的绒毯原本是胭脂色的,此刻却有些发黑。

"这是怎么回事?"

佐藤和霞久对视一眼,一起朝天河的房间走去。佐藤在房间前蹲了下来,用手摸了摸变色的绒毯,手指被沾湿了。

"是水。"

看起来,绒毯是因为被水浸湿才变色的。而水则是从房间内渗出来的。

"怎么了?"小园间从他们背后赶了过来。

你怎么在这儿?

——从小园间狠狠瞥向自己的眼神中,佐藤几乎读出了这句潜台词。不过,霞久很快开始向小园间说明原委,小园间的注意力也随之转移到房门上去了。

小园间敲了敲门,呼唤着天河的名字,但里面没有人回答。小园间急匆匆地朝大厅跑去,说要回用人房取万能钥匙。

不到五分钟,小园间就回来了,和他一起跑来的还有神、山根和日日子。据说,他们三人都是在听到惊呼后,从二楼跑下来时碰到了小园间。

小园间再次敲了敲门,等了一会儿后,便用万能钥匙打开了门锁。他把房门朝房间内侧推了推,只听"咔啦"一声,门就再也无法继续打开了。

小园间又用力推了推门。里面传来了玻璃片相互摩擦的"咔啦咔啦"声,接着门就开了。

"啊!"日日子向房间内看去,发出一声尖叫。

佐藤越过小园间的肩膀翘首张望。

从半开着的房门可以看到躺在床上的天河,很显然他并不是在睡觉。天河的眼睛失焦地看向天花板,胸口上深深地插着一把短刀。

"这是怎么回事!"

小园间的惊呼让眼前的场景多了几分现实意味。

有人被杀了……佐藤感到头皮发麻。

"报警吧。"神冷静地下达指令。

"是，是……"小园间从走廊跑开了。

佐藤目送了一会儿他的背影，转过头来时被吓了一跳——神和日日子已经走到房间里去了。

"……这样真的可以吗？"佐藤的话被他们无视了。

他正犹豫时，山根也走进了房间。

这些人真是缺乏常识啊……他看向霞久，摇了摇头说："我不会进去的。"

"咦？！"日日子几乎尖叫出声。

佐藤终于忍不住走进了房间。

"这是雕像上的……"日日子指着插在天河胸口的那把短刀说道。

那把刀正是谈话室外神将像口中衔着的那一把。

神凑近了脸，仔细查看着那把刀。

"看样子是的。"

神和日日子两个人津津有味地分析着尸体状况。佐藤一边对他们皱了皱眉，一边环视整个房间。

房间里的家具和佐藤那间几乎一模一样。有床、一人位的扶手沙发和桌子，桌上还摆着民间工艺品木雕和朗姆酒（看上去都是中南美洲的特产），以及房间的钥匙。

神也不再盯着天河的尸体，而是走到窗前拉开窗帘，陷入沉思般地叹了口气。

山根一直注视着神的动作，就像是要无条件追随他一样。

一旁的日日子经过观察发现："窗户也上了锁！"

佐藤倒吸一口气。也就是说——这间房间，是一间密室！

"门窗都上了锁，这是一起密室杀人案。"神用食指推了推眼镜的中梁。

开玩笑吧。

人这一辈子可能连一次杀人案件都难得碰到，更别提这种密室杀人了……

"原来这是密室！这并不是我的专业领域！"日日子略带兴奋地环视着房间。

"可是，不是还有万能钥匙吗？"

佐藤终于还是插了句嘴。他并不想否认这是个密室，但如果他继续被卷进更多离谱状况的话，他的脑容量就要不够用了。

神却说了句"不对"，然后关上了半开的房门。门后，玻璃碎片散落一地，它们原先似乎是个花瓶。而渗到走廊里的，似乎正是花瓶里的水。佐藤在房间里听到的，也是花瓶破碎的声音。

"刚才开门时，房门扫过的应该就是这些碎片。"

神用手帕小心翼翼地包起玻璃碎片，将其捡了起来，避免让碎片沾上自己的指纹。

日日子做出思考的表情。

"嗯，我们刚推了一下门，立刻就听见了响声，所以这些碎片应该是掉落在房门前的！如果有人比我们更早开过门的话，那么碎片应该已经被移动过了。所，以，说……"

日日子的说话方式显得有点痴痴傻傻——不知道是天然的呆，还是她故作年轻的手段。可能有些人会忍不住讽刺她："听着真难受。"

"天河先生死亡之后，没有任何人从这扇门出入。"与日日子相反，神则是惜字如金的说话风格。

这两个人的说法都很难反驳。窗户从内侧上了锁，而房门不仅上了锁，而且地上花瓶碎片的位置也证明了门没有被人打开过。这是一间完美密室。

"如果没有任何人出入的话，那天河先生是自杀？"佐藤说着，观察起天河的尸体来。

短刀穿透天河的衣服，深深刺进他的胸膛，鲜血甚至流了一床。

"一个人是不可能把自己刺得这么深的！如果是趴着那另当别论了，可他是仰躺着的！"

"如果他用了某种方法，在刺中自己之后，才变成仰躺的姿势呢？"神采纳了自杀的假设。

"嗯……这个可能性不大！"日日子用拳托腮，入神地思考着。

"你们看看床上的血！如果不是躺着被刺中的话，血根本不会流成这样的！"

日日子小心翼翼地把床沿往下压了压，避免碰到尸体。血液只出现在天河尸体的四周，而尸体下方的部分则没有沾上血液——这意味着血液流出时，天河已经是现在的姿势了。

紧闭的房门突然打开，佐藤短促地惊叫了一声。

他转过身来，看到小园间面无血色、嘴唇发抖地站在那里。

而在小园间身后，霞久露出一副担忧的表情。

小园间看了看霞久，转身朝房间内说道："电话……被人破坏了。"

谈话室里的复古电话机已经变得面目全非。连接听筒的线路被切断，电话线也被粗鲁地割断。

"这一定是有人故意为之。"神把电话线的横截面拿给山根看。

山根面色僵硬，轻轻点了点头。

日日子蹲在墙边，慢吞吞地说道："凶手做得真绝！"

连电话线的插口都被人破坏了。

佐藤动弹不得，因为霞久正紧紧抓着他的胳膊。

"这可糟了，没法报警了。"小园间的眉头拧成了八字。

"还有其他方法能和外界取得联系吗？"神问道。

小园间摇了摇头："只能等老爷后天回来了。"

"怎么会这样！"佐藤下意识地说道。

发生了杀人案件的孤岛，失去了一切与外界联系的手段。

多么典型的"暴风雪山庄"模式。

虽然这大概是凶手有意为之的，但佐藤还是一时难以接受，头脑一片空白。

"这简直像是……"他刚说了一半，又把话给咽了回去。

现在，情况已经紧急到出现死者了，自己的工作应该也要暂停了吧？不过，虽然佐藤自己是这样认为的，但没有任何人来通知他工作暂停。

——无论发生什么，都要继续履行职责。

佐藤想起了自己事前收到的指令，脊背发凉。

"凶器就是这把短刀吧？"

佐藤缓过神来时，神正朝神将像走去。

神将口中的短刀已经消失，他的嘴微微张开。

天河破坏电话，盗走短刀，回到房间，通过某种方法以仰躺的姿势刺中了自己的胸膛。

这种说法显然缺乏说服力，更合理的推测是：他被某人杀害了。这是一起杀人案件。

"如果是杀人案的话，那么还剩下密室之谜没有解开呢！"日日子坐在扶手沙发上说道。

"这真的是密室吗？"神推了推眼镜的中梁。这似乎是他思考时的习惯性动作。

"哦？从刚才的调查来看，这是一间完美的密室呀！房门上了锁，门下的缝隙里还塞着玻璃碎片。这可是双重密室！"

"如果凶手持有万能钥匙的话，那只需要打碎花瓶就可以了。"

"凶手是怎么从房间外打碎花瓶的呢？这是问题的关键！"

佐藤默默看着正在破解密室杀人之谜的神和日日子。

花瓶碎片落在紧贴着房门内侧的地方，这进一步强化了密室的特征。不仅如此，他们之所以会注意到天河房间的异样，也是因为花瓶里的水渗到了走廊上。这意味着凶手是有意让周围人察觉到自己的罪行的，而且从凶手故意使用了神将像口中的短刀这一点来看，这应该是一次有预谋的杀人。

"小园间先生，万能钥匙一共有几把呀？"

日日子从沙发的靠背探出头来，向小园间问道。

"只有一把。平常会放在用人房里。"

"任何人都可以进入用人房吗？"

"不是，只有我有用人房的钥匙。"

"你刚才去取钥匙的时候，用人房上锁了吗？"

"上锁了。"

"你是什么时候把用人房的门锁上的？"

"晚饭后，打扫完餐厅之后。"

"那是几点？"

"大概八点半。"

"花瓶被打碎是在九点半吧？"

日日子看向霞久。

"是的。"霞久赶忙点了点头。

"你是在哪里听到动静的？"

"在接待室。"

"你为什么会待在那儿？"

"我口渴了，想泡杯茶，所以去了餐厅。虽然我的房间里也有水壶，但我想如果遇到什么人的话还可以聊聊天。"

"那么，你遇到人了吗？"

"没有。但我想既然已经下来了，就在接待室里看看书，等一会儿吧。可是没过一会儿，我就尖叫了一声。"

"尖叫？"

"抱歉……"霞久不好意思地低下头。

"这，这，完全不用抱歉！托了霞久小姐的福，我们才会发现这起杀人案件。对吧？"

日日子朝神确认道，神沉默着点了点头。

"这样一来……"神接过了话头——像是等这个机会等了很久一样。

"至少在花瓶被打破的时候，万能钥匙还放在用人房里。这么说来，花瓶就是在上了锁的房间里被打破的，如果小园间没撒谎的话。"

"别，别这么说！香坂和真锅都看见我给用人房上锁了。"

"但在那之后，你随时都能开锁吧？"

"这……"小园间泄了气。

"那个……"霞久举了举手。

"我刚一听到声音就冲到了大厅，一直盯着通往天河先生房间的那条走廊。我没看到任何人经过，只有佐藤先生从他自己的房间走了出来。"

佐藤突然被霞久叫到名字，吓了一跳。不过，在场的人对他并不感兴趣。佐藤从房间出来，是在杀人案发生之后的事。

"你是说，你也没看到小园间？"

"没看到。小园间是后来才过来的。"霞久断言。

小园间像松了口气似的，腰杆也放松下来了。

“天河先生的房间在最里面，是吧？”

被神问到这样一个问题，小园间的脸上又笼上了阴霾。

“是，是的。如果要到他的客房去，就必须经过大厅。”

“如果真是这样，那事情可就麻烦了。”神推了推眼镜，“房门上的锁，玻璃碎片，还有无人经过的走廊。现在，这已经是三重密室了。”

“哦？”日日子睁大了双眼。

“不过……我关心的是……”

霞久描述了一遍在大厅看到的人影。据她所说，看到人影的时间是在玻璃花瓶被打碎前的二三十分钟。

佐藤说自己在那个时间段里并未离开过房间。

神和日日子开始交流：

“这么说来，那个人影不是天河先生就是凶手？”

“如果是凶手的话，凶手在去了客房方向后就再也没回来！那么，凶手到底去了哪里呢？”

虽然密室之谜在自己面前愈演愈烈，但佐藤的思绪还是飘到了别处。

凶手既然已经完成了密室。

那为什么还要创造出“暴风雪山庄”呢？

他甚至不用回忆以前读过的推理小说就能想到：暴风雪山庄——这个与外界切断了一切联系的舞台——有可能是由于自然现象或突发意外而偶然形成的，也有可能是凶手刻意制造出来的。虽然不同的凶手制造暴风雪山庄的动机各有不同，但最终目的几乎只有一个——连环杀人。

接下来，还会有人被杀吗……

"啊，莫非！"霞久大喊一声，吸引了所有人的视线。

"那封信……'乱步隐'，莫非指的就是这把短刀？"

"把短刀隐藏起来……吗？"神盯着神将像说道。

"用'隐'来形容凶器，这不太恰当吧？"

"的确。"霞久不无遗憾地承认了他的话。

"对了！隐而不现的，应该是凶手吧！"

"日日子，冷静点。猎奇犯罪学者应该对这种场面已经见怪不怪了吧？"霞久平静地说道。

其他人看起来也相当平静。正常人在遇到杀人案件后，应该会表现得更加害怕一点吧！

佐藤一边用余光看着霞久，一边悄悄摸了摸自己的胸口。自己的心脏在狂跳不止。

"此言差矣。"日日子摆着手说，"因为这只是普通的刺杀，又不是猎奇杀人。"

佐藤几乎要怀疑自己的耳朵了。虽然他不知道日日子到底研究过多少尸体，但这个女人的感官的确已经麻木了。

"乱步把凶手隐藏了起来……到底藏到了哪里？"神自言自语，"山根，你怎么看？"

山根突然被提问，一时语塞。

在佐藤看来，除了自己以外，唯一一个难以控制住情绪波动的人就是山根了。山根青紫色的嘴唇微微颤抖着，给佐藤带来一种近乎同类的亲近感。

"他的头……没有被拔掉。"

山根勉强挤出了一句，对信上第三行内容进行了指正。

——最后彬光被拔下头颅。

神点了点头："的确如此。天河先生的脖子没有异样，而且'正史闭'这一句也和实际情况对不上。大概杀人和信之间没有关系吧。"

不对。佐藤在心中默默反驳道。

不能仅凭这些就否认杀人现场和诡异信件之间的关联。如果事件将往连环杀人的方向发展，那么第二行以后的暗示很可能只是尚未付诸实践。莫非，还没有人想到连环杀人的可能吗？

不过，佐藤还是犹豫着没有发言。自己在这种状况下竟然还在遵守事前得到的命令，连他自己都觉得滑稽。

现场的众人之中，一定还有人也是以打工仔的身份来参加活动的。他希望别人先来起个头，说出："工作就到此为止吧！"

如果有人起了头，他会立刻附和的。而且为了避免出现新的受害者，他也会积极地出谋划策。但是，他不希望自己来当那个出头鸟。

——真是惭愧。

佐藤感觉那座双唇微启的神将像正在嘲弄着自己。

2

第一桩杀人案的难度并不高。

诡计本身十分简单，执行起来也并不困难。唯一让人担心的地方是，杀死天河时可能会遭到他的抵抗。为此，执行者在天河的晚饭里下了安眠药。为了避免天河直接在餐厅睡着，药量准备得较少。但尽管如此，过不了多久安眠药应该也会开始生效。"凶手"此刻应该已经回到自己房间里了吧。

在大家回到各自的房间后，小园间急忙朝管家室走去。

"不过……"小园间边走边自言自语。

天河带来的加勒比土特产让小园间越发焦虑。

世界观的设定全被毁了！

这栋建筑原本复刻了日本的洋馆，但天河竟然把那样的东西带进来，这不是把人们重新拖回现实当中了吗！就好像穿着忍者的服装进入迪士尼乐园一样！虽然天河并不知道他们的意图，但这人真是缺乏情调。

但不管怎么说，第一起杀人案件还是顺利完成了，小园间感到自己肩上的担子也轻了不少。那些缺乏情调的物什全都在天河房间里，除此之外，应该没有其他东西会脏了他的眼了。

别再想那些负面的事情了，还是要向前看。小园间提醒自己，要保持冷静，接着打开了管家室的房门。

突然，他感到胃部一阵沉重的下坠感。桌上那盏做成蜡烛形状的灯正亮着——是雅按亮了呼叫灯。

　　奇岩馆里里外外都采用了古风装饰，就连呼叫灯都进行了伪装。小园间等人虽然都随身携带着用于联络的耳机和麦克风，但为了不让周围人知晓无线设备的存在，他们只在紧急情况下才会使用这些设备。

　　小园间来到司令室，雅等人全都紧绷着面孔。

　　监视器上显示着洋馆内所有房间、大厅以及洋馆周围景致的全部影像，唯独没有显示小园间自己居住的用人房。所有画面都是用伪装过的监控摄像头拍摄的——乍看之下，那些摄像头应该很难被辨认出来。

　　雅虽然用余光看到了小园间，但她选择了无视，把目光重新拉回到监视器上。

　　她是打算冷嘲热讽几句吗？小园间也故意没有出声，静待雅开口。

　　对下属细小的过失吹毛求疵，有利于帮助他们提升业绩——雅似乎有着这样的错觉。

　　"'凶手'还没出来。"

　　"啊？"小园间惊呼出声，"还在'天河的房间'里？"

　　他急忙看向播放着天河房间影像的监控器。

　　天河的尸体、打碎的花瓶、扶手沙发、桌子、橱柜、土特产——这些东西都与尸体被发现时一模一样。

　　小园间正不明所以时，突然发现了异常之处。

　　"凶手"房间的画面里，一个人影也没有。

雅盯着监视器说道："还没从沙发里出来。"

"啊?"小园间再次惊呼出声。

"凶手"本该早就离开天河的房间了，但此刻却还没有从沙发椅里出来。

"这是怎么回事……"

"这是我该问你的话! 到底是怎么回事?"

小园间被迎头痛骂，却不知道该如何回答。他直到刚才一直都在游戏现场活动，确认剧情进展的工作应该是司令室里的人的责任啊!

他看了看卡尔，对方露出一副事不关己的表情。

这个家伙……

他转向正在操作台前凝望着监视器的技术人员磐崎，问道："真的还没有从沙发椅里出来吗?"

"是的……"

"你没看错吗?"他加重了语气，"有没有可能是看漏了?"

"……不是没有这个可能，但我应该会注意到的。"磐崎给出了一个模棱两可的答案。

小园间简直想冲磐崎咆哮。不过，他也理解这种做法的残忍。他应该责备的人不是技术人员，而是雅。

她为了让利润看起来多一些而削减了人工成本，现在终于遭报应了。一般而言，监视器前需要三名监视人员，现在却削减到仅剩一人。可以想见，漏看的情况会随之增多。

"核对过录像了吗?"

"快点干！"雅颐指气使道。

小园间忍住了弹舌的冲动，亲自下场操作。毕竟磐崎还得继续执行监视任务。

"用预览监视器来播放。"

小园间在操作台旁的监视器上调出了天河房间的影像，把影像倒回杀人案发生的时刻。

"就是这里。"

晚饭后不久，天河回到了房间。

过了一会儿，一位来访者走了过来，正是"凶手"。"凶手"穿着带有兜帽的黑斗篷，看不到正脸。天河把"凶手"迎入房间，二人谈话的兴致越来越高。"凶手"背对着监控摄像头坐在沙发上，天河则坐在床上。天河大概是开始犯困了，他双腿伸出，靠在墙上。他的身体就着这个姿势开始左摇右晃，没过几分钟就进入了梦乡。"凶手"把天河摆成了仰卧的姿势，从斗篷下抽出神将像口中的短刀，在天河的胸前比画了几下，然后毫不犹豫地刺了下去。天河发出了一声短促的尖叫。

短刀第一下没有扎到底，凶手随即再次朝天河的胸口刺下了第二刀。

天河一命呜呼。

"凶手"失神片刻后就回过神来，确认门窗均已上锁，然后拿起橱柜上的花瓶，朝门前砸去。花瓶摔得粉碎，绒毯也被打湿。

紧接着，"凶手"绕到了扶手沙发的背后。沙发中有个机关：

这个沙发其实是中空的，背面可以打开。"凶手"向上滑动沙发背面的木质框架，藏身于沙发内部。把木质框架向下滑回原位后，沙发又变回了普通扶手沙发的样子。大概没有人会想到里面还藏了一个人吧。这个诡计是以江户川乱步的名篇《人间椅子》为原型设计出来的。

"凶手"完全按照计划行动。不久之后，房门被打开，小园间的面孔出现在监控画面中，之后，神、山根、日日子、佐藤进入房间。众人正环视房间时，小园间赶了回来，告诉大家电话被人破坏，于是所有人就都离开了房间。

重要的是这之后发生的事。

按计划，"凶手"应该从"人间椅子"里出来，从开着的房门离开房间。破坏电话、把众人集中到谈话室的安排，都是为了让"凶手"能够顺利脱身。

小园间紧盯着监视器，等了很久"凶手"也没有从沙发中爬出来。小园间小心翼翼地用倍速播放着，没有放过任何一个细节，但房间里的影像就像是静止画面一样，没有出现任何变化。直到现在，"凶手"也没有离开沙发。

小园间急忙起身："我去看看是什么情况。"

"赶紧。"雅给了他明确的指令。

"把天河房间和一层走廊的监控摄像头都关了。"

小园间吩咐完磐崎，便朝管家室跑去。

他调整好呼吸后来到走廊，一边朝天河的房间走去，一边把藏在袖中的麦克风凑到了嘴边。

"监控摄像头都关了吗？"

"已经关了。"

耳朵上佩戴着的耳机里传来了雅的回答。

为了保护案发现场，天河的房间一直处于上锁的状态。小园间用万能钥匙打开房门，身手矫健地进入室内。他看也没看天河的尸体，径直走过去敲了敲扶手沙发的背面，里面什么反应也没有。

他深吸一口气，将手搭到靠背的木质框架上。

他把木质框架往上一抬，只听"咔嗒"一声，沙发靠背便被取了下来。

与此同时，一个黑色物体从沙发内部倒落在地板上。

是白井——御影堂治定的主治医生兼好友。同时也是"奇岩馆连环杀人案"的"凶手"。白井的下半身还留在沙发里，上半身则仰面倒在地上，双目微睁，面部肌肉处于完全放松的状态。

小园间与白井"对视"了半晌。

这人已经死了……

小园间大脑一片空白，朝下看去，白井的侧腹部插着一把刀。直觉告诉小园间，白井正是死于这把刀造成的刺伤。可是，为什么……

还没来得及思考，小园间先按下了无线设备的开关。

"他在沙发里，已经死了。"

没有得到回答。小园间眼前浮现出雅无语的表情。

"你从地下通道把尸体运走。"

"收到。"耳机里传来一阵低沉的声音。

过了一会儿，角落里的地板被人顶开，一个工作人员出现在小园间面前——正是由于上次演得太过差劲、被小园间调到幕后去的那个男人。

"我来把尸体搬走。"那个工作人员小声说完，便从地板下走了上来。

奇岩馆的地板下设有暗道，连通了所有房间。因此严格来说，这里并非密室。不过从设定上来看，这些暗道并不存在，剧本作者也是以此为前提来构思诡计的。

"别让血沾到地板上了。"

小园间和那名工作人员一起，把白井的尸体运往地板下方。

沙发内部已经有了一摊血迹。他们小心翼翼地抬起沙发，万幸的是，血迹还没有从沙发里渗出来沾到地板上。小园间虽然想赶紧换上一张新沙发，但现在实在是人手不足。没办法，他只好命令工作人员在运走白井的尸体后，再把沙发运出去。

与从管家室到司令室之间的地道不同，这里的密道十分低矮，仅能容儿童直立通过。二人弓着身子，艰难地运送着尸体。

"我的腰……我的腰啊……"

来到二层的白井房间后，小园间终于能直起身体了。这间房间内的监控摄像头也已经关闭。

他们一起把白井的尸体放倒在床上后，小园间就让工作人员到天河房间去了。一位医生与工作人员们擦肩而过，冲进房内——当然，这位医生才是真正的医生。虽然运营组一直让医生在场待命以防万一，但如此紧急地呼叫医生前来还是首次。

医生检查了白井的尸体后判断，白井是腹部被刺伤后失血而死的。医生表示，虽然自己并不是法医专家，验尸也并不是自己的专业领域，但眼下找不到其他可能的死因，因此"失血而亡"的判断应该无误。

小园间强忍着才没有晕倒。

白井为什么会死在沙发里，又为什么会被刀刺伤腹部？桩桩件件，无不令人困惑不已。不过眼下，白井的死因是什么已经无所谓了。

重要的是，计划内的杀人案尚未完成，"杀人凶手"却先一步离奇死亡了。

他们是半年前从黑市里雇用这个中年男人来做临时工的。他有抢劫致人受伤的前科，还表示自己可以为了钱去杀人，这一点完美契合他们的要求。不过美中不足的是，他缺乏玉树临风的气质。为了让这个粗野的中年男人能够契合"医生白井"的气质，他们对他进行了言谈举止的全方位训练。一方面，他们威胁这个男人，如果他胆敢泄露秘密或临阵脱逃，那么他将性命难保；另一方面，为了配合言谈举止的训练课程，也是为了慰劳他的辛苦努力，他们还带他去高级餐厅一起用餐，想必这个男人对他们也是有感情的吧。在游戏开场前一周，他们为这个男人置办了一身气派的行头，让他穿上了身。行凶流程他也已经倒背如流。

事前准备得如此充分，想不到现在竟发生了这样的事！

"这个人已经确认死亡。我马上回来。"小园间在震惊中向雅做了简要汇报，接着回到了暗道。

经过管家室回到司令室后，迎接小园间的是凝重的沉默。

"怎么会这样？"

果然，雅向他质问道。她一定已经开始算计着如何逃避责任了。

小园间没有简单粗暴地回答"我怎么知道"，而是沉默地走到操作台旁。

他又看了一遍监控录像。

白井杀死了天河，锁上门，打碎花瓶，进入沙发。他究竟是在哪里被刺杀的？难不成是在沙发里自己捅了自己一刀吗？

小园间回放着录像，一遍又一遍地播放同一段画面。

"咦？"小园间察觉到异样，又回放了一遍。

"是这个吗？"卡尔像个看客一样探了探头。

"别自言自语的，有什么发现赶紧说！"背后传来雅的冷言冷语。

"你们看看橱柜。"小园间暂停了录像，画面正好停在白井和天河对话的那一幕。

"这是……短弯刀吧？"

橱柜上、花瓶边，正放着一把短弯刀——这正是天河在晚宴上炫耀过的那把农业用刀。

小园间继续播放录像。

天河睡下了，白井走向床铺。监控摄像头装在房间的入口附近，因此，橱柜刚好被白井挡住了。之后，白井虽然用短刀刺向天河的胸口，却没能一击致命，于是他又一次挥动了短刀。

"就是这里。"

在白井刺下短刀之前，天河醒了过来，动了动手臂。虽然他的手被白井的后背挡住，看不到具体做了什么动作，但他的视线却是朝向橱柜的。

紧接着，白井就刺死了天河。失神半晌后，白井整理了一下自己身上散乱的斗篷，走到门口去锁门。

"短弯刀这时候已经不在了。"

橱柜上现在只剩一个花瓶。

"是天河刺的？"雅喃喃道。

"白井刺向天河后之所以会失神一会儿，大概就是因为他发现自己被天河刺中了。人在刚被刺中时，或许疼痛感还不太明显，但他显然被震惊住了。"

"即便如此，他还是按照计划进了沙发？"

"在大脑已经停止思考的状态下，遵从他人的指令是一个更加轻松的选择。白井决定先按计划行事，之后再考虑其他事情。或许他当时以为自己身上的伤口并不致命，可是他藏进沙发后却血流不止，以致昏迷，之后就……"

司令室中的空气仿佛凝结住了一般。

"如果他当时叫嚷起来，那我们的计划就全完了。这或许是不幸中的万幸。"

"哪里'万幸'了！"雅的情绪十分激动。

"'凶手'竟然被杀了……怎么会出现这种事！"

"谁能想到被害者会带了把刀来反击……"

"你把剧本想得太简单了！这样还怎么工作？"

小园间几乎要把桌子盯出个洞来，这才勉强忍住了对这位上司翻白眼的冲动。

雅也看过剧本，而且本来就该由雅来负责整体规划的。她现在竟然单方面责备自己情节设计不到位，还真是莫名其妙。

突然，小园间听到自己身旁传来一阵急促的鼻息声。

是卡尔在瞪着雅。

坏了。小园间急忙张了张嘴，却还是没能及时拦住卡尔。

卡尔噘起嘴反驳道："这根本就不是剧本的问题，是因为条件变了！如果在一开始的剧本设定里被害人就持有武器的话，那剧情会有不一样的走向！我可是专业的！"

"你说什么？"雅也对卡尔怒目相向。

不过，雅也担心这位作家会突然甩手不干，所以不敢太过强硬。

"……你说得也对。与其说是剧本的问题，倒不如说是让天河把那种东西带进来的人有问题。"

"哼。"卡尔的怒气平息了几分，冷哼道。

"不管怎么说，都是小园间的责任。"雅尤其强调了"小园间"这个名字。

按惯例，为了避免在"游戏现场"叫错名字，他们即使在司令室里也会以角色名来称呼彼此。但此刻雅叫他的名字显然并不是出于此种考虑，而是处心积虑地要把"黑锅"甩到他身上。

"先说说接下来怎么办吧！我们已经告诉客人，这次将会上演连环杀人的好戏了！可是'凶手'已经不在了，还怎么继续下去！"

"这……只能现场随机应变了……"

"你是想丢掉工作吗？"

"不是……"小园间捂住肚子，他感到自己的胃部一阵刺痛。

虽然这家公司的工作内容十分离谱，但薪水却相当可观。他已经年近半百了，不可能再找到比这里待遇更好的工作了。他还有房贷要还，还贷款买了心心念念的高级车。他虽然不再期待平步青云，但至少也不能失业吧。

"这也是万幸，白井在犯罪时一直戴着兜帽遮住了自己的脸。我们也对监控摄像头的方向进行了调整，避免了他晚饭后的行动轨迹被拍摄下来。即使现在换一个人来演'凶手'，应该也不会被人发现的。"

"事后会有人要求查看凶案发生时的监控录像的。如果被人发现我们篡改过录像的话，这可就涉及我们的信用问题了。"

"没必要篡改录像。我们虽然发现了白井被人刺杀，但那也是反反复复看录像才终于发现的。"

雅盯着小园间，沉默地思考了一会儿，终于从椅子上站了起来。

"如果被人看出了破绽，你是要承担责任的。"

雅整理了一下开得太大的领口，从里侧房门走出了司令室。

"老师，咱们开始改剧本吧。"

小园间话音刚落，卡尔就不满地说："啊？又改？你都让我改几回了？"

"不好意思。你也看到了现在这个情况……"小园间点头哈腰，尽力掩饰自己愤怒的表情，以免卡尔看出他的不满。

你不是专业的吗！那就一气呵成地把剧本改好啊！本来稿费就已经很高了！

"除非你们加钱。"卡尔猥琐地笑了笑。

小园间咬牙切齿，整张脸都在微微颤抖着："……不好意思，我马上回来。"

他走出司令室，快步穿过地下通道，来到管家室，把脸埋进床上的枕头——然后大叫出声。

"这个家伙！"

他把枕头扔向墙壁，扫落了架上的书籍，又抓起桌上放着的咖啡杯，把它扔向半关着的隐藏门。杯子飞过门缝，碎裂的声音从地下传来，墙壁这才合拢。

小园间抬头望向天花板，调整着自己的呼吸。

在确认自己的情绪已经稳定后，他才整理了一下仪表，重新打开了那扇隐藏门。

3

房间外又传来了一阵细微的响动。

佐藤在床上睁开了眼。从谈话室回来后，他很想好好睡上一觉，却久久也无法平静下来。

虽然隔着一条走廊，但走廊那边就是天河的尸体，他怎么可能心情愉悦？他想向小园间提出换个房间，不过最后还是忍住没提——他决定遵守"不做任何多余的事"的指令。虽然刚才感觉到似乎有人经过走廊，但他依然没有出去查看。

这份诡异的工作，把他送到了这座诡异的洋馆来。在洋馆里，又发生了诡异的杀人案。前段时间还发生了德永的失踪案。很难相信这一切都只是偶然。不过，他也无从得知这些事件之间究竟有多少联系。他觉得自己好像变成了一只天竺鼠，被装进笼子，以供人类观察研究……

他又听到房间外的动静。

"……"

可能是自己想多了吧。自己似乎已经神经过敏了。

人已经死了，他的眼前浮现出天河那张自来熟的笑脸。如果自己那时没有无视天河，事情又会如何发展呢……

从晚餐结束到天河被杀，中间只有不到两个小时的时间。如果他当时让前来敲门的天河进了自己的房间，听一听对方略显烦人的自言自语，那么这桩杀人案是不是就不会发生了呢？

"但我做不到啊！"他朝着天河的房间自言自语。

光是寻找与德永有关的线索，他就已经冒着巨大的风险了。他绝不能让自己的行动引人耳目，所以，他才会一直遵守"不要与周围人接触"的命令。直到发现尸体后，他也没有加入推理队伍之中。不过，或许这样也好。如果这是一场精心设计的连环杀人案的话，那么他就不应该出手阻止，不是吗?

佐藤感到自己的思路迷失在窄巷之中，于是换了个姿势趴在床上。

不管怎么说，现在的线索还是太少了。

他来到这里的目的，说到底还是寻找德永的下落。虽然有点对不住天河，但他确实没有多余的精力来找出凶手。

窗外，天色渐明。

佐藤从床上起身，坐到了扶手沙发上。

"乱步隐。"他下意识地念出了那封怪信的第一行。

如果信件的内容暗示了某种宝藏的位置，那就让御影堂家的人或者他们的同伴去找就好了——滞留洋馆期间，佐藤是不会对什么宝藏上心的。不过，那却是一封杀人预告，而且还暗示着连环杀人的可能性，这样一来，佐藤就无法全然置身事外了。他必须防止自己在毫无准备的情况下被卷入这起杀人案。

因此，现在他要做的，是以"这是一封连环杀人案的预告信"为前提来阅读这封怪信。如果事后发现这只是寻宝的暗号或只是单纯的恶作剧，那付之一笑也无妨。

乱步隐，

正史闭，

最后彬光被拔下头颅。

如果说这三行诡异的文字暗示了一桩连环杀人案，那么最简单的思路就是，第一行代表着第一起杀人案。信一共有三行，也就意味着一共有三个被害人。

然而，现在第一起杀人案已经发生，众人却仍然没有理解第一行文字的深意。

"乱步把什么东西给隐藏起来了呢?"佐藤自言自语完，旋即自嘲起来。

自己竟然在真实的生活中，开始像明智小五郎和金田一耕助一样进行推理了。

在书中，他曾经进行过无数次推理。佐藤会与推理结缘，还是始于外祖父书架上的那几本推理小说。刚刚升入小学不久，他的母亲就因意外事故去世了，之后，父亲越来越嫌他是个累赘，没过多久就把他送到了外祖父母家生活。再见到父亲时已是多年之后，彼时的父亲已在棺中长眠。人们没有告诉他父亲的死因，大概是觉得那种死因还是不告诉一个小孩子为好。

外祖父母虽然给他饭吃，供他上学，但他认为他们之所以会这样做，与其说是出于感情，倒不如说是出于义务。

他想朝人撒娇，却没有人愿意接受。这个忧郁的小学生能聊以慰藉的，只有那时唯一的娱乐——推理小说。外祖父母家既没有电视，也没有游戏机，不过有一天，外祖父从书架上取下一本江户川乱步的《黄金假面》递给了他。

他沉醉其中。

把书架上的书都看完后，他又开始从学校和市里的图书馆搜罗各种推理小说。明智小五郎、亚森·罗宾、亨利·梅利威尔爵士①……佐藤邂逅了推理界的一众巨星。只有在和他们一起推理时，佐藤才能从无处安身的不安中真正得到解脱。

高中毕业后，他马上就开始工作了。之后不久，外祖父母就像是完成了自己的使命一样相继去世。佐藤彻底孑然一身，他只有做兼职和打零工的工作经验，被一种与社会之间缺乏链接的空虚感包围。而能够填补这种空虚的，还是推理小说。

在奇岩馆发现了与乱步相关的诡异信件……

佐藤感到，这实在是命运的安排。

"乱步隐。"他又自言自语地重复了一遍。

天河被杀与乱步之间究竟有什么关系呢？

虽然神简单粗暴地断定杀人案与这封信件无关，但既然凶手从密室中神秘消失了，那么这"隐藏"起来的东西，应该就是凶手自己吧？

"凶手到底为什么要预告这条信息呢？"连佐藤自己都忍不住吐槽。

可是，他一点也读不出来这封信里究竟哪里暗示了天河的身份信息或者凶手杀害天河的方法。

佐藤闭上眼，感到眼皮越发沉重。

"生物钟已经乱了。"在他已经放弃了入睡的努力时，一阵睡意朝他袭来。

---

① 亨利·梅利威尔爵士：约翰·迪克森·卡尔推理作品《瘟疫庄谋杀案》中的主人公。——译者注

4

"我不干！绝对不干！"

"求求你了！已经没有其他办法了！"

"不干！"

"求求你了！"小园间几乎要哭出声来，朝香坂合掌作揖。

"这件事只有伊藤……不对，只有香坂你才能做到。"小园间急得都叫出了香坂的本名。

如果此时被香坂拒绝，那一切就全完了。

"不可能！我做不到！"

"你可以的，我会帮你的。"

这时，卡尔再次带着一脸"事不关己高高挂起"的表情走了过来。小园间心头涌起一股杀意。

修改剧本的工作直到第二天早上才最终完成。

让其他人代替白井成为"凶手"的计划实施起来极其困难。剧本中"比拟杀人"的重要设定，让他们不可能再对各个诡计——进行修改。要想重新构思、制作出专用的小型道具，至少也要花上几周的时间。因此他们只有一条路能走，那就是在不改变诡计的基础上，让另一个人来担任"凶手"。

卡尔一边抱怨一边提出新的剧情走向，而卡尔每提出一种剧情走向，小园间就会事无巨细地核对剧情中是否存在漏洞。每种剧情都存在破绽，小园间光是核查剧情就已经身心俱疲，卡尔却还时不时地闹脾气。小园间无数次奉承卡尔，让卡尔想出新点子，然后自己再进行核查。他一夜未睡，精神和肉体都达到了崩溃的边缘，终于勉强酝酿出了新计划：让香坂成为"凶手"。

"可不可以你来当凶手呀？"香坂像小孩子一样跟他撒娇。

"我都快哭了。"小园间暗想。

"我是和大家一起发现天河尸体的，所以我没法当'凶手'。"

"那让真锅来当呢？"

"那家伙还有其他事要做，而且主厨在二楼闲逛也很不自然吧！"

"那能不能让负责提示线索的那个人来演呢？"

"所有可能性我们都研究过了，只有由你来当凶手，剧情才没有破绽。求你了！我会额外给你奖金的。行吗？"

"你是说……奖金吗？"香坂的眼神变了变。

看来她也是有自己的苦衷，才会选择做这份工作的。

"可以给她发奖金吧？"小园间把话头递给了雅——后者一直沉默地听着他和香坂之间的对话。

"嗯……这个嘛……"

这个回答太过模棱两可。于是小园间又确认了一次："可以的吧？"

"对了！可以把本来要发给白井的报酬给香坂！"

"还能再多加点钱吧？"

"……能！真是的，明明公司现在正削减经费呢！"雅怒吼道。

说完，她就叉起双手，转过脸去，不再看他们。

有什么可生气的！本来就应该由你来说服香坂的！

小园间重新询问香坂："这些钱已经很多了。怎么样，考虑好了吗？"

他说话时紧紧抓着香坂的双手。不过从本质上来说，他是在用钞票"扇"着对方的脸，逼对方同意。

香坂闭上眼想了想，默默地点了点头。

5

时差带来的疲惫感像是凌驾于所有不安惶恐之上一样，佐藤一觉睡到了早饭时间。他昨晚坐在沙发上就睡着了，此刻全身的关节都嘎吱作响。

餐厅里香气四溢。主厨真锅带来了一张简易料理台，现场为有需求的客人单独煎制培根。

"这里的食物非常充足，各位请尽情享用。"真锅豪爽地说道。

佐藤入座后，香坂拿来了沙拉、汤、面包等食物。虽然与晚宴相比略显朴素，但作为早餐来说已经相当奢华了。

餐桌边只坐着霞久、神、山根、日日子四人，所有人都默不作声地吃着面前的食物。不知道是不是受到天河之死的影响，本就沉闷的山根甚至一口饭也没有吃。今早船长没有现身，那个叫白井的医生也从昨晚晚饭后就再也没有露面。天河是个非常健谈的人，正因如此，此刻的场面更显冷清。

"那个……虽然这么说有点不合适……"日日子开了口。

"但是大家都不说话也很奇怪啊！不聊聊杀人案的事吗？"

"是啊。而且案中还有可疑之处。"神回答道。

佐藤用沉默表示赞同。他和霞久目光相接，霞久朝他笑了笑，他害羞地点头致意。

"咱们当中，有人之前就认识天河吗？"

无人举手。

"他是治定先生的朋友吧？"

神说完，日日子点了点头。

"治定先生说过，他们二人都痴迷魔术，是在一个什么'由社会人士组成的魔术同好会'上认识的。"

"小园间，你对天河了解多少？"神向一直在门口等待上场的小园间问道。

"他和老爷认识，是四五年前的事。他也到这座洋馆来过几次。对了，香坂……"

小园间叫住正在服侍众人用餐的香坂。

"天河先生和你的女儿走得很近吧？"

"你是说和纪里子？"霞久惊讶道。

"霞久小姐也认识她吗？"

"我家和香坂家非常熟悉，纪里子和我同龄，又读的同一所大学，她也曾经加入过推理研究会。"

"这么说来，你们两个人也认识纪里子咯？"

日日子看向神和山根。神略一思考后点了点头，山根则一直低着头没有说话。

"我们几个人只会读推理小说，而纪里子不仅读过推理小说，还曾自己写过推理故事。是吧，香坂？"霞久转向香坂问道。

"是的。虽然她没有给我看过。"

"纪里子和天河真的……"

"是的。虽然我不知道他们是什么时候开始的，但我记得我让那孩子来这里帮忙时，天河先生曾找她搭讪。回到东京后两个人好像也会见面。"

"真的吗？！我一点也不知道！"霞久睁大了双眼。

气氛好奇怪。

佐藤漫无目的地环视着桌边众人，他总觉得刚刚的对话显得有些刻意。用人香坂的女儿纪里子……这个人物的出场实在有些突然。

"那个……我能问个问题吗？"日日子举了举手。

"霞久小姐在提到纪里子小姐的时候，无论是'曾经加入推理研究会'也好，还是'曾经会自己写些推理故事'也好，都是用的过去式，那她现在如何了？"

"这个嘛……"霞久欲言又止。

香坂垂下了眼帘，小园间把手放在了她的肩膀上。

"在你工作时提起这件事，实在不好意思。你先回去休息吧。"

"好的。"香坂低着头离开了餐厅。

"香坂的女儿已经过世了。"小园间转过身来对众人说道。

"可以问问原因吗?"就连一向没个正形的日日子也换上了一副严肃的表情。

霞久和小园间对视一眼后答道:"是自杀。"

其他人吃完饭后依次回到了各自的房间。

佐藤来得较迟,因而留到了最后。等他反应过来时,餐厅内仅剩他和霞久两个人了。

"多谢款待。"他小声说完,刚要离开餐厅,就被霞久从背后叫住了。

"佐藤先生,我们可以聊聊吗?"

"啊……可以。"佐藤尽量自然地点了点头,以免被对方发现自己言谈举止间的古怪。

"关于天河先生的事,你是怎么看的?"

"什么?"霞久为什么会问自己这样的问题呢?

"佐藤先生在大家面前都不怎么说话,不过我知道佐藤先生的观察力十分敏锐。你的推理一定和其他人有不同之处吧?"

"没有……我怎么可能……"

"你是瞒不住我的。再怎么说,我也是推理研究会的成员呀!"

佐藤几乎为霞久的笑容而沦陷。如果不是这次的机会,那他绝无可能与像霞久这样的大小姐对话聊天。

佐藤警惕地看了看周围,餐厅里只有他们二人。

"那我就说一点……虽然我的推理听起来是无稽之谈，但我认为那封信暗示着一桩连环杀人案。"

他把自己的想法说了出来，但马上就后悔了。自己怎么会如此得意忘形呢！真是不知进退！他本以为会受到霞久的白眼，但对方的反应却与他的预想截然相反。

"连环杀人吗……我从没考虑过这一点。你为什么会这样想？"

"我只是单纯猜测。现在线索还太少，这可能只是我在杞人忧天。"

他先铺垫了几句，不敢让霞久失望。正当他小心翼翼地想说出接下来的话时，他的意识忽然全部集中到了听觉上。

"……刚才，是不是有什么动静？"

"有吗？"霞久似乎没有注意到。

但他的确听到了什么动静，是什么东西坠落的声音，应该是从洋馆外传来的。

"佐藤先生？"

霞久还在兴致勃勃地等待着他接下来的话。

他不能放弃这极乐的时光，而且，刚刚也可能只是自己的听觉神经过于敏感。如果只是因为自己太过紧张而产生了幻听，那也显得自己太愚蠢了。

佐藤决定把自己的推理对霞久和盘托出。

6

死去的山根，是头先着地的。

小园间从密林中眺望着那具脖颈被折断的尸体。

虽然还是上午，但户外已是闷热不已。尸体的正上方，香坂从二层的窗户探出头来，把某样钝器扔到了尸体之上。她看向小园间的方向，点了点头。事情似乎进展得十分顺利。

小园间穿着连靴钓鱼裤，潜伏在密林中等待着香坂。

洋馆的西侧和南侧均是茂密的树林。山根和神住在二层西侧的亲属房，天河和佐藤则住在一层西侧的客房。

几分钟后，香坂从玄关走了出来，扛起了尸体。山根虽然身高不高，但身上赘肉却不少。对一位上了年纪的女性来说，搬运这具尸体委实是个体力活，她一边喘着粗气，一边把尸体搬到了小园间身边。

"辛苦了。"

在确定了香坂和尸体都已被密林遮蔽、旁人无法看到后，小园间终于对她伸出了援手。森林中的监控摄像头均已关闭，不会拍到小园间帮忙运送尸体的镜头。

香坂也穿上了放在一旁的连靴钓鱼裤。这条裤子是按照白井的尺寸准备的，所以香坂穿上后显得异常宽松、肥大。

两个人打扮得像渔夫一样，分别从两侧抬起了尸体。

"这家伙可真沉啊。"二人边抱怨边往森林深处行进。

过了一会儿，他们来到一处直径约十米的沼泽，暂时把尸体放了下来。

"这也只能算是个小池子吧？"香坂把作为凶器的锤子扔进沼泽后，抱怨道。

"是沼泽——沼泽！虽然做不出湖泊的样子，但我们至少也得弄出个沼泽来。不过反正都是人造景观，严格来说，也都是'池子'。"

小园间对这个"沼泽"的完成度也颇为不满。他虽然想把它挖得更大一些，但由于种种原因，最终还是放弃了。

"别聊这些了，如果咱们不快点把活儿干完，可就要穿帮了。"

小园间催促着香坂，二人一起把山根头朝下地抬了起来，又就着这个姿势把山根放进了沼泽。在预先设计好的位置上，山根头朝下地"扎"了进去。

他们事先在沼泽底部挖了一个深坑，还用塑料圆筒把坑给保护了起来，避免水淹土埋。割破圆筒后，周围的泥土便会灌入坑内，将山根的上半身掩埋起来。

"这么……累人的活儿……到底是谁想出来的……是那个小说家吗？"香坂抓着山根的脚踝抱怨道。

"这不是……作家老师的错……这是……'侦探'的要求……"

"难道……就没有其他方法了吗……"

"现在这个时候……抱怨也没用了……"

"不行了，我已经没有力气了。"香坂突然提高了声调。

"啊？就差一点了！加油啊！"

"这已经是我的极限了！我要松手了。"

"不要啊！再加把劲儿！否则我扣你奖金！"

小园间不断鼓励着香坂，终于二人合力把尸体的上半身固定在沼泽底部。不过如果现在松手的话，山根的下半身就会发生折叠，形成一个书名号的形状。

"香坂，你还能再努力一下吗？"

"我都说了不能了！"

"那我来按着他，你去把芯轴拿来。"

"在哪儿？"

"咱们之前不是说过了吗？！在那边！"

小园间一边抓着山根的两个脚踝，一边用下巴点了点沼泽一侧岸上的树木。

香坂的双脚陷在沼泽之中，慢悠悠地向岸边走去。

"快点！我也坚持不了多久！"

"好好好。"

香坂完全没有提速，而是慢悠悠地上了岸，捡起放在树根处的两根木棒——它们是砍去细小枝叶后留下的棒状树枝。

"拜托！你别拿它当拐杖用！如果把它弄折了，你打算怎么办？！"

"可是我的脚会陷下去啊！"

香坂把这两根木棒当成自己的双拐，回到了沼泽中。

"啊……"

"怎么了?"

"没什么……"

"你刚才不是'啊'了一声吗?"

"我没有。"

香坂终于回到原处,小园间从她手中接过了芯轴。

"啊!这不是已经折了吗?!"

其中一根木棒从中部裂开,马上就要断成两截。

"一开始就是这样的。"

"你瞎说!我仔细确认过了!算了,就这样吧。它应该也能坚持一阵子吧。"

小园间把芯轴从山根的裤腿穿进去,经过他的后背,深深插进沼泽底部。山根被固定成了双腿从水面高高伸出的姿态,就像是在倒立一样。

"好了。"

小园间在心里庆祝着自己的胜利,离开了尸体,他已经汗流浃背。天气太热了,真想洗个冷水澡。正想着,他的视野突然晃动起来,双脚也陷在泥水中动弹不得。

坏了……

他中老年的身体已经跟不上神经反射的速度,整个人栽倒在沼泽之中,口中满是泥水的味道。

他挣扎着站起来后,对上了香坂的目光。对方正努力憋住笑。

这个老太婆……

他一直觉得他们是在难缠上司手下一起艰难求生的战友。

现在看来，自己真是愚蠢透顶！

"赶紧回到你的位置上去！"小园间表现得十分不耐烦，语气粗鲁。

香坂战战兢兢地站到尸体前方。

小园间喘着粗气走出沼泽，打开了对讲机的开关。

"听得到吗？"

"能……听……到……"对讲机另一头传来雅断断续续的回答。

似乎是耳机坏掉了。不过，麦克风还在正常工作。

"准备就绪。请在三十秒后开始。"

"……知道了。"

"香坂！倒数三十秒！"

"好好好。"

"'好'说一次就够了！"

小园间来到监控摄像头的盲区中，让密林隐去了自己的身影。手表显示已经十点三十几分，准备工作比想象中耗时更久。

香坂在倒数到二十时，抓住山根呈 Y 字形伸向空中的双腿，边拧转边把尸体朝沼泽底部按去。使劲按了大约一分钟后，她走出沼泽，脱下连靴钓鱼裤，叠起来后把它藏在了密林深处。

横沟正史有本著作《犬神家族》。而当下的场景，则正是对这部小说中一处名场面的再现。

香坂完成任务后，经由玄关回到了洋馆内。

小园间则没有经由玄关，而是从岩山一侧的隐形门返回洋馆。泥土已经干在了他的脸上，这个样子是无法出现在人前的。他虽极不情愿，但还是向司令室走去。

技术人员磐崎正坐在监视器前，见他满身泥土地走了进来，不由得睁大了双眼。小园间故意一言不发。

"……您辛苦了。"

磐崎担忧地朝他点了点头，卡尔则发出一阵露骨的嘲笑声。

小园间沉默地走进了司令室隔壁的员工休息室。

在洋馆背后的岩石山脉中，他们提前准备好了进行侦探游戏需要用到的全部房间和设施。包括洋馆内的监控设备、物资保管间、员工休息室等。单就占地面积来说，这里所有的房间设施加在一起，是洋馆面积的数倍之多。

不过对小园间而言，他的主战场还是在洋馆内，后台的这些房间中，他一般只会用到司令室和员工休息室。

"真倒霉！"小园间一边在休息室内淋浴，一边怒吼道。

虽然身上的泥土已经被水冲掉，但那份不耐烦却仍然留存在他的心中。

他原本对推理小说没有任何兴趣，但出于工作需要，只得强迫自己机械性地阅读了大量推理小说。功夫不负有心人，他现在也可以和客户、剧本作者们一同讨论推理作品了。然而，他并没有因此爱上推理小说。每次侦探游戏来到终章时，他都会获得一种成就感和报酬。对他而言，这就已经足够了，他发自内心地这么想。不过每当遇到那种能通过喜爱的工作来缓解压力的人时，他都会非常羡慕。他自己做不到这一点。他一般通过花钱来缓解压力，而在赚钱的过程中，却又积累了更多压力。他的前一份工作是在电机制造厂跑业务。对他来说，这两份工作之间没有什么本质上的不同。

胃又开始抽痛了。他咬紧牙关，按住腹部。

自己竟然会因为身体不适而影响工作！实在是因为上了年纪。虽然近来时常眩晕，但这次偏偏摔倒在沼泽里……

如此想来，去年定期体检时，医生曾要求他回医院复查。他因为工作繁忙一直没有理会医生的建议，这次的工作结束后还是请几天假去检查一下吧。保养身体，充实内心，或者去旅游一圈也未尝不可。

他想象着冲绳和夏威夷的晴空，心情舒缓了不少。

7

正午时分，佐藤朝餐厅走去。这次，他是第一个到的。

他在餐桌旁落座后，霞久和日日子二人也走了过来。

"虽然大家还没有到齐，但咱们先上菜吧。"

在霞久的提议下，用人们开始为三人上菜，小园间、真锅和香坂负责侍餐。不知是有意还是无意，小园间的脸色看起来不是很好。

"推理研究会的男生竟然会迟到，这还真是罕见呢！"日日子说着，给沙拉浇上了酱汁。

船长和白井也就算了，连神和山根也不来吃饭，这在洋馆内尚属首次。

"人不在吗？"

众人听到声音后回头，看到神正一脸疑惑地站在餐厅入口处。

"咦？山根呢？"霞久问道。

神面色忧郁地说："他不在房间里。我去谈话室和接待室看了，也没有找到山根。"

"他到底去了哪里？"日日子皱了皱眉。

佐藤也有种不祥的预感。

"还是去找一找吧？"小园间催促道。

于是霞久站了起来："嗯，咱们在洋馆里找一找吧。"

"可是洋馆这么大！"

"对了！大家跟我来！"

小园间把一行人领到了餐厅外。他带着众人穿过大厅进入接待室，来到这间房间的一角。

"大家请看这里。"

那里摆放着奇岩馆的微缩模型。连洋馆背后的岩山和侧面的断崖都被复刻出来了，甚至还有展示一层、二层房间布局的平面图。

"我觉得在这里进行说明，也许会更便于大家的理解。"

"真可爱！为什么会做出这些东西来呢？"

"因为老爷痴迷于房间格局的规划设计，一直说想让宾客们都

099

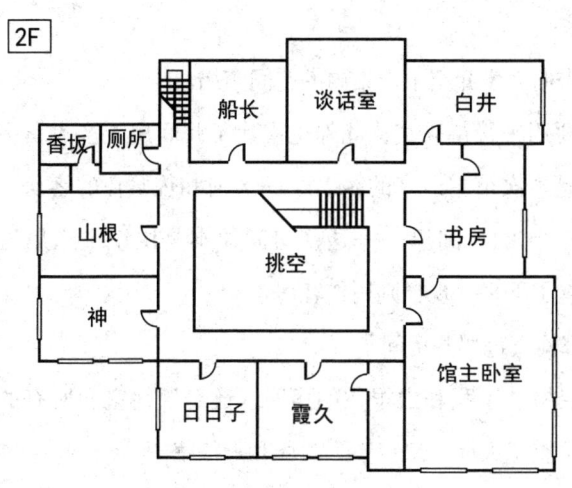

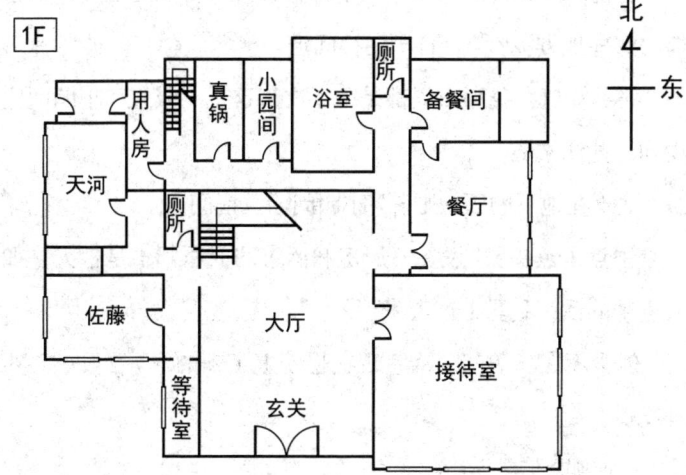

北
东

地下

厨房　锅炉房
用人用浴室、厕所
洗衣房

3F

仓库
衣帽间

来看一看……"

小园间先向大家介绍了洋馆内的空间布局。

一层主要用来接待来宾，此外也修建了几间用于客人留宿的客房，也就是本次馆主请来的客人——天河和佐藤住的客房。其他人则住在二层的房间里——这些房间原本是供馆主亲属居住的，后来空置了下来，现在则用作客房。

"学长都检查过哪些房间了？"

"在二层检查了我和山根住的房间，还有谈话室和所有的走廊。在一层检查了大厅、接待室、餐厅和等待室。"

"也就是说，公共空间你几乎都检查过了。除此之外，山根还可能去哪些地方呢？"日日子向神问道。

"我不知道，我和山根都是第一次来这里。霞久和小园间应该多少知道些线索吧？"

"他不在地下的厨房吧？"小园间向真锅问道。

真锅点了点头："没在。厨房和酒窖的面积都不是很大，如果有人进来的话，我马上就会发现的。"

"他也不在备餐间。浴室现在也是上了锁的。"香坂小心翼翼地补充道。

"三层呢？"

"三层是仓库和衣帽间，这两个房间都是上了锁的。"小园间回答了日日子的问题。

佐藤站在众人身后望向那个微缩模型。

包括每个人的房间在内，洋馆内还有很多藏身之所。不过，很难想象山根此时此刻还在洋馆内闲逛，这意味着……

"他在外面。"神和佐藤做出了同样的推理。

"不会吧，玄关也上了锁……"

"咱们先去找找看吧。"

霞久向一脸疑惑的小园间下达了命令。众人一起打开玄关的门锁，走出了洋馆。

"大家分头去找吧。"

在霞久的安排下，众人四散而去。

佐藤走向正对着自己和天河房间的庭院。

"山根！"

在这种情况下，他喊一喊山根的名字也无可厚非吧。

他抬头仰望着这座洋馆，二层和三层的窗前都没有人影。他在周围搜寻一圈，但依然没有发现山根的踪影。要不要去森林里看看呢？

他正要转身，突然听到了真锅的呼喊声："小姐快来！大家快过来！"

佐藤连忙赶了回去。在院墙前，真锅双手扶膝，喘着粗气。众人从四面八方围拢过来。

"那边……在沼泽里……"

小园间朝真锅手指的方向跑去，其他人也跟在他身后。

森林里有一处小型沼泽。

小园间久久伫立在沼泽岸边。

佐藤最后一个赶了过来。

"山根……"神的情绪难得地出现了起伏。

在沼泽中央，一个人正头朝下地立在那里，一条腿高高地伸在空中。

8

坏了……

小园间按了按自己的额头。

山根倒立着的尸体，本应是两腿呈 Y 字形伸出沼泽的，而且他们也是照此操作的。

然而，眼前的尸体却有一条腿朝前耷拉了下来，就像是在表演水中芭蕾一样。不对，现在应该是叫花样游泳……总之，这个样子实在难以恭维。

他很快就想到了原因。一定是那条支撑着山根腿部的木棒折断了。

他看向站在一旁的香坂，这个罪人不好意思地别开了眼神。

"我早就说过了！"他没有张嘴，小声骂道。香坂恍若未闻，这个家伙……

这样一来，就不像《犬神家族》中的场景了。

"这……这简直就是《犬神家族》里的情节啊！"

没办法，他只能靠自己把场面给圆回来了。于是，他机械地读出这句解说台词。

"是吗？"背后传来一阵冷冰冰的声音。

他回头一看，佐藤正冷冷地盯着尸体。

这个家伙！

"是吗……看起来不像吗？"小园间极力稳住声音，质问佐藤。

"啊，那倒也没有……不过他只有一条腿立起来，所以……"佐藤无意识地答道，接着苦恼地低下了头。

这时候知道后悔了！那就永远闭嘴吧！这家伙！

"正史闭……"日日子沉稳的声音让小园间冷静下来。

"莫非，信的第二行暗示了这个场景？"

"如果是这样的话，那难怪……"

小园间竭尽全力地"借坡下驴"。如果他太过坚持自己关于《犬神家族》比拟杀人的主张，也会显得不太自然，所以必须在此时结束这个话题。

"不是没有这个可能。"神看着山根的腿说道。

"虽然外观上有些出入，但结合信的内容来看，这的确再现了《犬神家族》中助清被杀时的场景。"

"是，是啊！应该，肯定，肯定是这样！"小园间忙不迭地说道。

太好了，这件事总算是有所定论了！他尽量控制着自己不要笑出声来。

"那我去把他从沼泽里弄出来吧！"他一秒也忍受不了这具尸体的模样。

小园间冲进沼泽中，丝毫不顾自己的衣服沾满泥泞。他急急忙忙地把山根的尸体运了出来。

他安慰了哭得上气不接下气的霞久和紧咬牙关的神之后，让香坂去拿一张席子过来。

"明天就能报警了。在那之前，我们什么都做不了。"说完，小园间把席子盖在山根的尸体上。

他请众人一起返回洋馆，大家表情复杂地离开了沼泽。只有佐藤疑惑地回头望着沼泽。小园间对此非常愤怒，不过，他终究还是顺利地说服佐藤返回洋馆。

进入馆内，小园间不动声色地将大家带到接待室后，自己则跑到了管家室。

他脱下了沾满泥水的外衣和内衣。这已经是他今天第二次换衣服了——这次更衣过后，已经没有多余的管家服供他更换了。

他回到接待室，这里的氛围相当凝重。

"为什么山根会……"霞久坐在沙发上，心情十分低落。

"是我把他请来的……都是因为我，山根才会……"

"不是这样的。"神反驳道。他脸上震惊的神情已经彻底消失。

"我和山根都是自己决定要来这里的，而且，被杀的也不止山根一人。杀死天河以及给霞久寄信的，恐怕也是同一个人。我一定要让那个凶手付出代价！"

"这次的凶案很有猎奇的感觉。这是我的专长！"日日子丝毫不顾现场的氛围，微笑着说道。

"目前看来，死者的死因应该是头颈部受伤。"

从小园间的视角来看，山根在从二层跌落到地面之前就已经死了，应该是香坂从背后重击致其死亡的。不过，那个时候他也有可能还没断气，这样一来，颈部骨折或许是他的致命伤。无论如何，警察都不会看到这一幕，也不会查清死者的死因。重要的只有"山根被杀"这个事实。

"为什么凶手不仅要杀了他，还要做这么残忍的事呢？"霞久双目通红地问道。

神扶了扶眼镜，说道："可以说，这是一次比拟杀人。凶手模仿了《犬神家族》中的场景。虽然我不知道凶手为什么要这样做，但他的确为此颇费了一番功夫。这对凶手来说，应该有很大的意义。蒲生小姐，猎奇犯罪学有研究比拟杀人的吗？"

"研究。虽然凶手也有可能是为了创造仪式感或者为了折磨受害者而在尸体上动手脚，但在这次的案件里，咱们最好从推理的视角出发来思考问题，不是吗？"

"为什么这么说呢？"

"因为凶手一定是个推理迷！"

"是啊……这点我同意。"神点了点头。

"那么神先生，在推理的世界当中，凶手都会出于什么目的而进行比拟杀人呢？"

"……很多作家都绞尽脑汁地考虑过这个问题。有些凶手的动机是制造仪式感，而有些凶手的动机则是出于现实层面的考量，为了通过比拟杀人让侦探产生错觉，从而洗脱自己身上的嫌疑。"

小园间后退一步，倾听着神的讲解。

诚如神所言，古今各国的推理作家创造出了数不胜数的比拟杀人动机。杀人本身就已经有被抓现行的风险了，凶手还要特意对现场进行繁复的调整——这样做必定出于某种足够强烈的动机。在这次的剧本中，他们也为香坂准备了足以进行比拟杀人的动机。

不过真正的"动机"却是，客人提出了比拟杀人的要求……小园间在心里苦笑了一下。

紧接着，香坂走了进来。她默默走到小园间身边，在他耳畔低声说道："我先走了。"

小园间点了点头，香坂又默默退出了房间。

虽说这是预先安排好的流程，但小园间的心情还是沉重起来。

接待室里众人讨论的话题已经从动机转向了手法。

"吃完早饭回到自己的房间后，我就再也没有见过山根。"

"也就是说，山根是在早饭和午饭之间的时间段内被人杀害，又被运到了沼泽的！凶手的行凶窗口期就是那三个小时。这么说来，谁都有可能犯下这桩罪行。"

小园间一边听着众人的谈话，一边等待自己发言的时机。

他推敲过自己的发言内容后，忍不住说道："那个……这件事情嘛……"

他下定决心插上了话："山根先生看起来才刚刚死去没多久，最早也就是一个半小时前。"

众人看向小园间："也就是说，他死在正午前后？"

神看了看表："现在是下午一点半，咱们赶到沼泽大概是半个小时前。也就是说，山根是在被咱们发现前一小时左右被害的？"

"看上去是这样的。"

"你为什么如此笃定呢？"

"……说来话长，不过重要的是山根的被害时间。午饭是正午过后才开餐的，当时，三名用人和霞久小姐、蒲生小姐、佐藤先生都在餐厅里。"

小园间有意一笔带过了"是谁推测出了山根的死亡时间"这个问题。

"也就是说，我们几个人都有不在场证明呢！"

日日子点了点头。

"我到餐厅的时间稍晚，所以我没有不在场证明。"神自嘲道，接着话锋一转，"不过，目前也只能推测出山根死在正午前后。如果凶手是在午饭前就杀了山根，把他沉入沼泽中，之后再赶回餐厅的话，那么谁都有可能成为凶手。"

要想在如此短的时间内做完如此多的工作，难道凶手不累吗？自己做完这些后，足足报废了两身衣服呢！小园间暗暗吐槽，神色愁苦。不过，他没必要点破这一点，他还有更加强有力的证据。

小园间继续苦着脸说道："神先生，您说的这种情况是不可能的。"

"不可能？为什么？"

"别说是正午时分了，就算在正午以前，也没有任何人离开过这座洋馆。"

"小园间，这就奇怪了，山根不就是在外面吗？"霞久顺利地插上了话。

"你断定没有任何人出去的证据是什么？"神透过眼镜盯着小园间。

小园间昂首挺胸，充满自信地答道："洋馆的玄关一直保持上锁的状态，钥匙在我手里。从早饭后香坂在庭院里侍弄花草开始，到大家一起出去寻找山根为止，玄关的大门一直都是锁着的。因此，没有人能在午饭前进出玄关。"

"那后门呢？"

"这栋洋馆虽然有一道供用人进出的后门，但在几天前门锁坏了，所以这扇门一直无法打开。"

这是真的。他们破坏了与用人房相连的后门，使其无法打开。在对尸体加工处理完毕后，小园间也是从直接连通地下的秘密入口回到洋馆的。当然，他不会告诉众人这个秘密入口的存在。

"凶手能从窗户出去吗？"

"洋馆北侧背靠岩山，所以没有窗户。东侧是断崖，所以凶手也不可能从这边的窗户出去。"

"这么说来，能出去的就只有西侧和南侧的窗户了。"神看向洋馆的微缩模型。

"是的。不过我们在准备午饭时，一直有进出餐厅，如果有人扛着山根先生下楼梯的话，我们一定会注意到的。"

"如果是从一开始就在一层的人呢？"神侧目看向佐藤。

佐藤的脖子僵硬起来。

"佐藤先生从一开始就在餐厅，我们可以证明他没有出去过。同样，佐藤先生也能证明我们几个用人一直在餐厅附近活动。"

小园间朝他伸出了援手，佐藤不住地点着头。

虽然霞久和日日子的证言已经足以证明用人们一直在餐厅活动，但利用最先来到餐厅的佐藤做证似乎更合逻辑，也更容易让人信服。

"凶手并没有从一层出去，而三层又上着锁，凶手无法上去。这样一来，就只剩下二层的窗户了……不过，住在朝西或朝南房间的，只有我和山根、霞久、蒲生这几个人。"

"什么？我也是嫌疑人？"日日子苦笑道。

"我不是这个意思，咱们只是在讨论离开洋馆的路径。不过，即使凶手能从窗户跳下去，要想回来也非常困难。"

"如果用绳子呢？"霞久盯着神的脸说道。

"对女性来说并不容易，男性也许能做到。不过，我们并没有在山根房间的窗户上发现使用过绳索的痕迹。你们也可以去检查一下我的房间。"

"如果用的是不会留下痕迹的东西呢？比如梯子之类的！"

"不会的。"佐藤小声说道，"我离开洋馆后检查了洋馆的西侧，没有发现能当作梯子的东西，地上也没有套索之类的东西。"

"是吗……"霞久松了一口气。

小园间感到万事尽在掌控之中。

佐藤虽然插了话，但小园间决定原谅他说的这几句话——毋宁说，佐藤这几句话让事件更显诡异，反而对小园间他们极为有利。

神推了推眼镜框，说道："这也就意味着，山根被杀、被扔进沼泽的时候，没有任何一个人离开过洋馆。不仅如此，连山根都无法离开洋馆。换句话说，这就是所谓的'逆密室'……"

"逆密室？"霞久重复道。

"凶手不仅仿照《犬神家族》进行比拟杀人，连逆密室都做出来了吗？！"日日子兴奋地说道。

小园间在心里得意地笑了笑。正是如此，他们不仅完成了比拟杀人，还额外附赠了一个诡计。唯有如此，才能令客户满意。他无法接受精心打磨出的剧本因为现场的突发事故而被弃之不用。

"话说回来，山根的死亡时间究竟是如何推断的呢？"神回过头来看向小园间。

终于还是问出这个问题了吗……

小园间终于放弃了挣扎，无论如何他也无法再蒙混过关了。

"香坂检查过尸体。"

"香坂？"神满脸狐疑。

小园间咽了咽唾沫。

这白痴台词，他实在不愿意说出口。可事到如今，他也别无选择了。

管他呢！他一口气把这句台词念了出来："香坂以前是法医。"

这一瞬间，恍若永恒。

他早就知道，这实在太匪夷所思了。不过，他们实在没有其他办法了。按照原本的安排，本该是由"白井医生"杀死山根，并推断出虚假的死亡时间的。

可现在白井已死，除了香坂以外，没有人能够担任"凶手"了，小园间等人也没有时间再从头开始构思一条与所有人的行程安排都不相冲突的诡计了。因此，他们决定还是按照原定计划执行"逆密室"诡计。不过这样一来，就必须由香坂来推测山根的死亡时间了。因此，他们不得不追加了一条"香坂以前是法医"的设定。

小园间早已让香坂离开了接待室——绝不能让别人看见她僵硬的表情。小园间忽然感受到某人的目光，朝房间一角看去，刚好看到佐藤正皱着眉头盯着自己。

别用那种表情看我！小园间感到双颊如遭火烤一般。

9

神和日日子提出要重新对洋馆和森林进行搜查。

佐藤没有参与搜查，而是独自一人回到了自己的房间。比起解谜，他还是优先选择了回避风险。

他冲到床上躺下，望着头顶的天花板。连环杀人案终于还是发生了，自己来到了一个多么不同寻常的地方！可是，一切又显得那么诡异。山根的尸体在沼泽中被他们发现时，那个姿势实在太像是戏剧中的场面。

——正史闭。

眼下的场景正是对横沟正史作品的模仿借鉴，所有通往洋馆外的路径全被堵死的逆密室。诡异信件的第二行很明显地暗示了山根之死。

"不行，不行。"

佐藤为了打断自己的思路，干脆从床上坐了起来。自己之所以会来到这里，并不是为了解开连环杀人案之谜的，自己是为了找到德永才来的。可是来到这里之后，自己却接二连三地遇到极富冲击力的案件，不由自主地被吸引了注意力。

等等。

或许这是个机会呢？他如果装作和神等人一起搜查的样子，就可以堂而皇之地搜索洋馆各处了。这样一来，他不就能轻而易举地掌握德永失踪案的线索了吗……

正在这时，房门突然被人敲响——就像是在责罚他的狡猾计策似的。佐藤差点儿从床上跳起来，为了假装镇定，他故意拖了一会儿才出声回应。

"我是霞久。"

欢喜和警惕，这两种截然相反的情感同时在佐藤心头涌起。

自从进入这座洋馆以来，只有在和霞久说话时佐藤才会感到心情舒畅。可是，他现在并没有明确的证据来证明霞久不是杀人凶手。

"那个……我想听听佐藤先生的推理。"

霞久娇羞的语调攻破了佐藤的警惕心。他缓缓打开房门，来
人正是霞久。

"不好意思，在你休息时来打扰你。"

霞久低垂着头，佐藤赶紧让她进入房间。忽然，天河的身影
在他脑中闪过。如果昨晚自己也让天河进来了，那么他会不会现
在还活着呢？

"霞久小姐是一个人过来的吗？"

走廊里空无一人。

"是的。神学长和日日子一起去沼泽了。"

场面一时陷入沉默。

房间内只有霞久和自己两个人——佐藤控制不住地想着这
一点。

"山根……真是太遗憾了。"

"是的……是我对不起他，现在道歉也没用了。"

"神也说过了，这不是霞久小姐的错，是凶手的错！"

尽管他自己也觉得这些安慰的话很无力，但他还是尽力说了
几句，以免场面陷入尴尬的沉默。

"我……我不喜欢这座洋馆。"

"……为什么？"

"我对佐藤先生说起过，昨晚我在这附近看见过一个人
影吧？"

"是的，你说过。"

霞久当时听到花瓶破碎的声音，震惊之下发出一声尖叫。深

更半夜听到一声巨响，大概任谁都会受到惊吓。可是霞久竟会为此而发出那样的尖叫，这实在有些反应过度。不过就在前不久，霞久刚刚在大厅里看到一个人影，或许这放大了霞久心中的恐惧。

"其实，以前我就一直觉得这里有人的气息。"

"这是自然，毕竟确实有人住在这里啊……"

"我不是这个意思。我是说，明明没有人在，我却总有一种被人注视的感觉……当我坐在接待室或谈话室的沙发上时，我总觉得有什么人就在我的身边。"

"你是说幽灵之类的东西吗？"

"我也不知道……不过，当有很多客人在场时，我总会感受到那个气息的存在，就像这两天一样。"

"这和天河、山根的死有关吗？"

"这我就不知道了……可是我好害怕……"霞久抚了抚自己的胸口，面露愁云。

"为什么霞久小姐会来问我的意见呢？明明你和神的关系更好吧？"

"我以前和神学长聊过这件事，他只会笑话我，所以我这次才会邀请他过来，实地调查一下。可是，现在发生的事情已经超出了幽灵的范畴……而且，只有佐藤你猜中了这次发生的是连环杀人案。"霞久不好意思地抬眼看向佐藤。

她在恳求自己。这是佐藤有生以来第一次体会到这样的愉悦感，他从心底里想要帮助她。

"其实听完霞久小姐的话以后，我想到了一种假设。"

"什么假设？"霞久的眼中闪烁着光芒。

没关系。房间中只有他们二人，自己提出的假设应该不会被泄露出去吧。

佐藤指了指扶手沙发："像这样的沙发，餐厅里也有吧？接待室和谈话室里也有。"

"是的，这是家父让人特别制作的。除了用人的房间以外，几乎到处都有。"

"这是令尊……"佐藤不知道自己应不应该继续说下去了。

"佐藤先生？"

"那个……也许你还是不知道比较好。"

"没关系，请你告诉我吧。"霞久用坚毅的语气催促着佐藤。

"每当洋馆里有客人来访，霞久小姐你坐在接待室或谈话室的沙发上时，总会感到周围有人的气息，是吗？"

"是的。"

"你坐的沙发外观上和这里的沙发一样，是吧？"

"……你这么一说，的确如此。"

"天河的房间里也摆放着一模一样的沙发。"

"是的……这有什么问题吗？"

"'乱步隐'。我终于明白这句话是什么意思了。"

"什么？！"霞久睁大了双眼。

她的反应相当诚实，令佐藤对她的好感度倍增。

"如果我猜错了，那就太抱歉了。"佐藤边说边检查起屋内的扶手沙发。

"哦？是这里啊……"他抓住沙发背面的木制边框朝上滑动，将整个边框拆了下来。沙发是中空的，里面安放了座位，让人能坐在上面。

"这是……"霞久眉头微蹙。

这个沙发模仿了江户川乱步代表作中登场的"人间椅子"。这里竟然会出现这样的道具……

佐藤压抑不住好奇，想钻进沙发中一探究竟。他在沙发内的座位上坐了下来，把双臂伸进扶手的位置，上半身则探进靠背中，整个人"坐"在了沙发内部。

"你要坐下试试吗？"他在沙发内对霞久说道。

"坐下？"

霞久震惊的声音，让佐藤惊觉自己的神经之大条，不由得冷汗直流，厌恶起自己来。

"啊，这个，那个……我的意思是要不要测试一下效果。对不起！那个……你觉得可以吗？"

狭窄的空间放大了佐藤的焦虑，他的大脑一片空白。

"我明白了。那我就坐一下试试……太不好意思了。"

"啊……"

佐藤的膝盖上传来一阵柔软的触感，紧接着他的腹部和胸部也感受到了霞久的体重。他知道霞久的双手正搭在自己的双臂之上。二人紧贴在一起，中间仅隔着一层薄薄的皮革。这难以言说的感觉，让佐藤一瞬间忘记了自己这样做的目的。

"那个……你会不会觉得我很重呢？"霞久不好意思地问道。

"怎么会！重量刚刚好。"说完他的脸又红了起来，一定还有其他更好的表达方式吧……

为了把这句话遮掩过去，他马上接着说道："那个……怎么样……你觉得之前感受到的气息是不是和现在一样呢？"

"这个嘛……"

"我先不说话，你可以仔细确认一下。"

为了不再出丑，佐藤决定闭嘴。霞久也沉默着。

一旦场面沉默下来，佐藤的注意力就不受控制地集中到了触觉上。身形、体温、动作……他感受着霞久身体的方方面面。

突然，他感到双臂发重，膝盖渐轻，霞久的体温也随之消失了。她似乎是站了起来。

"谢谢你！"

他听到霞久朝自己道谢。佐藤不无遗憾地……不对，应该说是非常遗憾地从沙发里走了出来。

"怎么样？"

"一样……我觉得是一样的。"

虽然谜团已经解开，但霞久的表情却越发阴郁。制作这种沙发的人是御影堂治定——也就是霞久的父亲。

"父亲竟然会做出这样的东西来……"

"令尊喜欢推理和魔术，这倒是很符合他的风格。"

连他自己都觉得这个安慰相当蹩脚。制作"人间椅子"，还把它们摆放到洋馆里的各个角落，这绝不可能是出于游戏心态的一时兴起。

"难道我父亲竟然是……是个变态吗?"霞久脸色苍白。

"这……"佐藤含糊地答道。即使退一万步来说,他也不得不说这种行为相当变态。

"不过,至少我认为令尊并不是想让霞久小姐你坐在他身上的。"

"……是吗?"

"你感到有气息存在的时候——也就是令尊钻进'人间椅子'的时候,都是有客人来访的时候吧?这就意味着,令尊的目标是这些来访的客人。这里经常有女访客吗?"

"是的……这么说来,好像我感受到有气息存在时,都是女性客人来访的时候……"

霞久似乎陷入了回忆当中。

"霞久小姐,当你坐在他身上的时候,令尊大概也相当苦恼吧。"

"是,是啊……啊,我想起来了!我在那张沙发上坐下的时候,其他沙发上不是盖上了沙发罩就是放着东西,让人很难坐下。"

"这一定是为了让目标人物坐到那张'人间椅子'上去。御影堂先生预先把目标人物叫出来,自己提前进入'人间椅子'里藏好,再让对方坐在'人间椅子'上。如果御影堂先生迟迟不现身的话,那么坐在椅子上的人也就等得不耐烦,自己回去了。之后,御影堂先生只要找个机会悄悄从沙发里出来即可。我认为,这就是御影堂先生的全部计划。只不过霞久小姐偶然在'人间椅子'上坐了几回。"

"这……"霞久垂下了眼帘。

即使御影堂治定没有对自己的女儿怀有上不得台面的想法，他的变态心理也是不争的事实。作为女儿，霞久很难接受这个事实吧。而且……

"……这张'人间椅子'和信又有什么关系呢？"

霞久紧张地看向佐藤。

"虽然我还无法断言，不过恐怕……"佐藤轻轻点了点头。

信件第一行的诡异文字"乱步隐"，洋馆内各处摆放着的人间椅子，从密室中消失的凶手。把这些联系起来看，天河被害的密室诡计几乎已经浮出水面。而且，制作人间椅子的人正是御影堂治定，假如治定就是凶手，那么他现在可能依然潜伏在洋馆内……

不行，自己不能在这个案件中陷得更深了。佐藤停止了自己的推理。他虽然很想帮助霞久，但帮助的后果对他而言实在是太沉重了。

"佐藤先生，谢谢你。"霞久露出一个略带悲戚的微笑。

她的父亲不仅有着变态的嗜好，还可能牵扯进杀人案中。她此刻应该相当不安吧。不过，她还是强撑着没有陷入崩溃。

佐藤对霞久心生爱怜："我非常担心……非常……"

霞久的双眸湿润起来。佐藤感到胸口一滞，他没法对这样的霞久坐视不理。

"霞久小姐，我……"他欲言又止，为自己的游移不定而愤恨不已。

"霞久小姐……"

霞久用泛着泪光的眼眸直直看向佐藤。

"霞久……小姐？"

佐藤誓死捍卫着自己所剩无几的理智。紧接着，霞久闭上了眼睛。一瞬间，理智烟消云散，他彻底放弃了思考，一点点靠近霞久的双唇。不行，自己这样做是在欺骗霞久，唯独对霞久，自己不能对她有所隐瞒。

就在二人的鼻尖几乎相接时，佐藤挤出了一段几乎不属于自己的声音："霞久小姐……我是来这里打工的。我说自己是个旅行家，这其实是在撒谎。对不起……不过，我会全力支持霞久小姐的……"

突然，他的胸口被猛推了一下。

"嗯？"他吓了一跳。

霞久那张美丽的脸庞上，此刻已经换上了一副怒气十足的表情。他从没见过她做出这样的表情。

"你在开什么玩笑！打工？"她的语气也变得尖酸刻薄。

"……霞久小姐？"

佐藤一时无法理解面前发生的一切，眼前人已不再是刚刚那个楚楚可怜的大小姐了。

霞久不耐烦地看了看四周，弹了下舌。紧接着，她忽然抱住了佐藤。这到底是什么意思？

见佐藤沉默着，霞久用冷冰冰的声音小声说道："把你的手绕到我背后，假装抱着我。"

"霞久……"

"快点！"

"好！"佐藤依言抱住了她。

"你不是'侦探'？"

"侦探？什么意思？"

"别装傻了！"

"你到底是什么意思？"

"既然你不是'侦探'，那为什么昨晚要来找我？"

"为什么……因为我听到尖叫声了啊。"

霞久长叹一口气："别多管闲事！"

她的声音虽然很小，却翻涌着十足的怒气。

"对不起……"

"……难道'侦探'是招聘来的临时工吗？不可能啊……喂，我说……"

"……你问吧。"

"你刚才说打工，是在黑市里找的工作吗？"

"我不知道是不是地下黑市，不过我是在社交媒体上……"

"工作内容是什么？"

"就是在这里过上几天……"

霞久又弹了弹舌："真是的……搞错了！"

"霞久小姐，这是什么意思……"

"闭嘴！我在想事情！"

"好的……"

很明显霞久现在正怒不可遏，不过她却依然紧紧抱住佐藤，丝毫没有放手的意思。

难道这就是所谓的"傲娇"吗？不对，她一定是有什么意图。

佐藤困惑不解，只好继续按照霞久的吩咐抱紧她。

接着，霞久小声说道："……没有其他办法了。你把现在发生的事情全部忘掉，像之前一样老实待着。"

"等等。"

"你这家伙！别大声说话！"霞久拧了拧他的后背。

"……有人在听我们说话吗？"

佐藤想环视屋内，后背却又被霞久掐了一下。

"别左顾右盼的！"

"莫非……我们在被人监视着？"

"你这家伙是怎么回事！"

她身上已经半点没有大小姐的影子。

"请你告诉我吧。这里究竟是怎么回事？"

就在刚刚，蒙在事情真相上的一层神秘面纱似乎已被揭开，这里发生的一连串事件实在太匪夷所思了。他确信自己已经身陷旋涡之中，他甚至还获知，连房间内部都被人实时监控着。他不能在毫不知情的情况下，继续充当一枚棋子了。

"你不需要知道。"

"那可不成，已经有人死了。"

"所以呢？"

霞久的回答令他震惊不已。

"……难道，你早就知道这里会发生杀人案？"

"……"

"如果你无法回答我的问题，那我也不能把现在发生的事情全都忘记。"

"你……"

"我也无法忘记'霞久并不是大小姐'这个事实。御影堂霞久这个名字大概也是假的吧？就像我的'佐藤'一样。"

一切都是假的。可是，杀人案却是"货真价实"的。这些人甚至将舞台场景搭建到这个程度……他们究竟是什么人？

"你是在威胁我？"

"不是。只不过，如果你不告诉我的话，我就只能去问别人了。"

"不行！绝对不行！"

"你也站在我的角度考虑考虑！如果是你的话，你能继续保持沉默吗？"他已经无法再对霞久客客气气的了。

"真是的……早知道就让你亲我一下好了……我那时怎么就把你推开了呢……"

看来，霞久知道"临时工"的存在，而且，她误把"佐藤"当作了某个叫"侦探"的人，才会主动接近他。这是霞久犯下的第一个错误。第二个错误是，她发现自己误会了佐藤的身份后，下意识地卸下了全部伪装。她当时如果亲吻佐藤并走出房间的话，就能继续毫无破绽地扮演御影堂霞久了。

不过，霞久露出了马脚，而且似乎这件事如果被他人察知的话，会对霞久非常不利。虽然佐藤也觉得自己有些卑劣，但现在已经不是继续"当好人"的时候了，他决定利用霞久的弱点。

"告诉我你都在谋划些什么。如果你告诉我的话，我是不会告诉别人的。"

"……我几乎什么都不知道。"

"别开玩笑了，都到现在这个时候了……"

"是真的！我也是被雇来的。"

"临时工？"

"不完全是。你可以理解为第三方外包。临时工只来这一次，而我会被雇用很多次。"

"我不明白。你能从头到尾讲讲吗？"

"……真是的。"

霞久说出的话，叫他一时之间实在难以相信。

侦探游戏——专为爱好推理的富豪们举办的推理游戏。搭建起壮观的舞台，上演真实的杀人案件。而游戏中的登场角色，则有主办方工作人员、从黑市雇来的临时工，以及游戏的客户——也就是"侦探"。其中，只有像佐藤这样的临时工才未被告知事情的真相。这一切都是供客户取乐。佐藤一直觉得自己像一枚棋子一样供人驱使，现在看来，这种感觉并不是毫无根据。

"我的主要工作就是和'侦探'上演浪漫故事。除此之外，我也会被分配到一些提示线索或推动剧情的台词。"

"你说自己是女大学生，这也是假的吗？"

"当然。我从小在孤儿院长大，初中毕业之后就出来工作了。"

"这样啊……对不起。"

"你不必向我道歉。"

"啊……"

霞久曾在夜总会里做过头牌，一时收入颇丰。不过，她后来痴迷于赌博，反而欠下了大笔债务。一次偶然的机会，她被选中从事这份工作，自那以后，她就经常在侦探游戏中扮演女主角。

"你主动和我搭话，也是因为你错把我当作了'侦探'吗？"

"当然了！否则像我这样的美女，怎么可能会去主动接近一个刚认识不久的普通男人呢？"

她的直言不讳让佐藤略感震惊。

"……凶手是谁？下一个死者又是谁？"

"我不知道。不骗你，每次都是这样，游戏的主办方不会把所有的事情都告诉我。"

"我没法相信你。"

"如果我知道了'凶手'和'死者'是谁，很可能会给出不自然的反应。所以，我的戏份绝大多数都是临场反应。"

佐藤听说过，外国的推理连续剧也会出于同样的理由，而不会预先告知演员谁才是幕后真凶或操盘之人。

"而且，我也不是主办方的人。除了我必须知道的信息之外，他们什么也不会告诉我。主办方是不会向任何人透露侦探游戏的存在的。"

"所以他们才没有告诉我任何信息吗？"

霞久的身体僵硬了一瞬。

"……这对你来说是件好事。这比知道得太多、被人惦记上性命要强得多啊。"

"被人惦记上性命？"

这帮人连杀人都不怕，自然也会毫不迟疑地把人灭口。

"他们也没有告诉你侦探是谁吗？"

"当然，客户的信息是一级机密。所以，只有特定场合偶遇时，我才能判断出谁是'侦探'。谁能想到你却……"

"不好意思……"

虽然霞久似乎是在指责他，但佐藤还是先道了歉。昨晚就是因为自己第一个冲到大厅，才让霞久误以为自己是"侦探"的。

"话说回来，难道我看起来像是富豪吗？"

"我也觉得有点奇怪。不过你看起来倒也没有那么糟糕，只是作为'侦探'来说，显得过于内向。不过我们确实偶尔也会遇到那种沟通能力为零的富二代。"

"真是不好意思。我一直控制着自己尽量少说话。"

"我也是第一次遇到这种情况。这次的游戏组织得非常匆忙，我得到的信息也比之前少了很多。"

"你去问问不就知道了吗？"

"我们是绝对不能主动和主办方取得联系的。而且我们一直都被监控摄像头拍摄着，不能做任何不符合人物设定的动作。"

"原来如此……我明白你的任务了。"

他越来越接近那个最关键的问题了。

"那从黑市雇来的临时工呢？我们的任务是什么？"

"……"

霞久再次全身僵硬起来。

"你刚才说临时工只会来一次，为什么没有第二次？"

"我都说了，我不知道！"

"……是不是因为，临时工都被杀了？"

房间内陷入沉默。看来这就是答案。

佐藤大脑一片空白，心中泛起一阵恶心。

"天河和山根……虽然这大概不是他们的本名……这些临时工被雇用到这里的唯一作用，就是被人杀害……难怪信上一共有三行文字。那么接下来还有一个人将被杀掉，这个人就是……我？"

"我真的……不知道。"

佐藤觉得霞久的哭声并不掺假。

"大多数'凶手'和死者都是从黑市招募来的临时工……不过，也并不是所有人都是这样。我只了解我自己登场的游戏场次。"

"……在剩下的那些人里，还有临时工吗？"

"我不知道。"

"主办方的登场角色都有谁？"

"求求你，别再问了。"

“这关系到我的死活啊！能不能告诉我该如何自救？”

“不可能。我也是第一次遇到这种情况。”

难道，以前从没有任何一个临时工觉察到自己将要被杀害吗？如果真是这样，那自己或许还有一线生机。佐藤一片混乱的大脑逐渐运转起来。

“谁能阻止这场游戏？”

“没有人能阻止。只要客户不叫停，主办方就会全力推动剧情。”

“只要‘侦探’喊停，游戏就会结束了吗？”

“这只是个假设。‘侦探’已经花了几亿日元，是不可能终止游戏的。而且，我听说这次的‘侦探’还是个老客户。”

也就是说，对方对杀人已经见怪不怪了吗？看来，道德谴责的方式对这位“老客户”来说是起不了作用的。

“即便如此，我也必须去说服‘侦探’。”

“你不是不知道谁才是‘侦探’吗？”

“那我就一个个地去试，把洋馆里所有的人都试个遍。”

“别！如果他们发现你有任何破绽，肯定会当场解决你。除此之外，我也会陷入危险。”

“如果他们突然杀了我，那剧本不也就泡汤了吗？”

“如果他们判断必须这样做的话，那他们就会不顾一切地杀了你，之前也发生过类似的事。剧本里原本安排了两个凶手，但其中一个演员无法承受内心的罪恶感，在中途大喊自己要退出游戏。三秒后，那人的喉咙就被割断了，是一个饰演修女的运营人员下的手。后来，他们给死者的行为随便找了个'因恐惧而精神错乱'之类的理由。"

佐藤战栗不已。这样下去，自己肯定会被杀掉的。只有"侦探"才能制止这一切的发生，可是，自己并不知道真正的"侦探"究竟是谁，而且一旦被周围人发现自己正在寻找"侦探"，那自己就会当场毙命。即使自己真的幸运地找出了"侦探"，恐怕也很难说服对方终止游戏。这是不可能的……

佐藤感到，自己的身体在被数道锁链紧紧捆绑着。

怀中的霞久松开了双臂。

佐藤还在神游天外，而霞久此刻突然亲了上来。佐藤睁大了双眼，浑身僵硬。

霞久静静地离开了他的双唇，低声道："如果你把这件事告诉别人的话……我会杀了你的。"随后假笑着离开了房间。

10

"啊，是这里！"

小园间正盯着佐藤房间的监控画面仔细观看，突然拍了拍手。他一直觉得自己忘了些什么，却总也想不起来那究竟是什么。现在，他终于想了起来，糟糕的心情也随之烟消云散。他忘记告诉霞久，这次可以不用"魅惑""侦探"了。

这的确也是个失误，不过和之前的慌乱相比，这点失误实在算不得什么。而且，霞久虽然误把佐藤当成"侦探"还去亲了他，但这一点对大局并没有太大的影响。

"不过，他们也抱了太长时间了吧。难道她喜欢这种男人？"小园间嘲讽道。一起看监控的卡尔和磐崎也露出了猥琐的笑容。

不过，这件事不能就这么过去，因为佐藤识破了人间椅子的诡计。虽说他是被霞久的美色所迷惑，但他终究是越界了。

"在佐藤的房间警告他一下。"

"什么等级？"磐崎问道。

"三级吧。"

"是！"

磐崎控制着操作台，凑近麦克风说道："佐藤先生，佐藤先生！"

监控画面中，佐藤显然吃了一惊，在房间里四处张望。

磐崎正拿着一本《警告手册》，开始朗读其中三级警告的相关内容。数字越大，警告的程度就越高，三级属于中等程度。

"请牢记合同内容。如出现违约行为，您将无法获得劳动报酬，您的生命安全也无法得到保障。重复一遍，请牢记合同内容。如出现违约行为，您将无法获得劳动报酬，您的生命安全也无法得到保障。如您已经充分理解以上内容，请举手示意。"

佐藤马上举起了手。他四处张望，试图找出声音的来源，但终究没能成功，只好无奈地坐回床上。

"看起来他相当崩溃，应该是被吓到了吧。"磐崎嗤之以鼻。

"让这个家伙把谜题解开应该也挺有意思的。"卡尔边敲键盘边鄙夷地说道。

霞久和佐藤那边刚一结束拥抱，卡尔就重新埋头于那份将用于申请直木奖的稿纸当中。

"哈哈，老师您也真是恶趣味。那不是马上就穿帮了吗？"

"哦？那与我无关。"

小园间默默祈祷着，希望卡尔把水杯打翻，并且弄坏电脑。

"我做到了！"在房间的一角，香坂雀跃不已。她从刚才开始就一直在练习给密室上锁。

"再来一次。"

这里立着一套简易装置，模拟了洋馆内客房的房门。白井也是用这套装置来练习的。

香坂又在房门上操作了一遍。此时她已是轻车熟路。

"一、二、三！"香坂给自己加油鼓劲，用力拽了一下钓鱼线。这条钓鱼线非常结实，不会被轻易拽断。伴随着一声令人心情愉悦的"咔嗒"声，房门被顺利上了锁。

"好了，又成功一次！"

成功率越来越高。

"香坂，你做得真好！"

"这手法还挺有意思的。"

这个密室诡计模仿了高木彬光的作品，小园间对此也相当欣赏。

"正式演出的时候可别演砸了。"卡尔讽刺道。

小园间和香坂一起狠狠瞪着这位秉性乖戾的作家的背影。

"情况怎么样？"房间深处，雅走了回来。

"一切如常。"小园间不带任何感情地回答道。

"是吗? 那咱们谈谈下一个案件的事情吧。"

雅把装着文件的文件夹扔在了桌子上。小园间意识到,她指的是那场预计在半年后举办的侦探游戏。

"抱歉,今明两天我都会忙于游戏现场的准备工作……所以咱们能等到后天再聊下次游戏的事情吗?"

"你还真是没用啊,竟然连多线程处理现场工作都做不到。所以日本分公司才会变成这副样子吧。"

"……我还要准备晚餐,先回去了。"小园间转过身背对着雅。

游戏终于要迎来高潮了,不能让雅影响到自己。小园间用余光看向监控画面。画面中,佐藤正双手抱头,一动不动地待在原处。

奇岩馆事件

第四幕

反叛的棋子

1

明明是上等的肉食，佐藤此刻却食之无味。

晚宴上，他边切牛排边暗中观察着同桌诸人。明明家具和人员都未曾改变，但他此刻看到的景致却和几个小时前截然不同。这里并不是什么"御影堂家的宅邸"，而是专为富豪们打造的杀人推理游戏的舞台。在知道了这个真相以后，佐藤便注意到了周围的可疑之处。洋馆墙壁和地板上的木材虽然都不是最近铺设的，但有些地方也涂上了颜料，令这些木材看起来比实际更加古老。莫非，德永也卷入了这个残忍的游戏之中吗？

他无法向霞久求证这件事。即使德永真的参加了游戏，那别人也只会以游戏中的角色名来称呼他。他的外表也没有什么突出特征。佐藤的手机里虽然存有德永的照片，但手机早在登船时就被人没收了。

"神学长，沼泽搜查得怎样了？"霞久无比温柔地问道。

佐藤已经见过了她的本来面目，此时此刻，他已经能够看穿她一举一动背后的全部动机。

　　"有人把沾满泥泞的连靴钓鱼裤扔在了附近的树丛里。凶手应该是在把山根的尸体沉进沼泽时用到了这东西。"

　　在刚刚发现山根的尸体时，神还表现得震惊不已。现在，他已经完全恢复了往常冷静自持的精英模样。

　　这家伙就是"侦探"吗？抑或"凶手"？还是即将被杀掉的那个人？虽然他看起来并不像是那种会在黑市里打零工的人，但自己连霞久的演技都没能识破，因此再以貌取人的话实在太过危险。

　　"看起来我们很难采集到他的指纹呢。"日日子说完，吃掉了一块切成小块的牛排。

　　这个人呢？她明明已经三十多岁了，说话方式却还显得如此不谙世事。虽然自己总觉得她像是在说谎，但如果她真的是以研究诡异的"猎奇犯罪学"为生，那性格古怪些也不算奇怪吧？不过话又说回来，世界上真的存在"猎奇犯罪学"这门学问吗？不对，这不是问题的关键。"侦探"未必会以真实身份参加游戏，如果"侦探"只是在扮演"猎奇犯罪学"的学者，那么这个职业的真伪倒也没那么重要了。

　　佐藤再次环顾桌旁众人。天河和山根已经不在了，现在桌旁共有四个人，显得空旷而寂寥。除了神和日日子以外，其他人也有可能是"侦探"。比如，船长和白井医生，他们二人也没有从房间出来，据说餐食都是让用人们端到他们各自的房间去的。他们可能趁取餐时，向用人询问案件的状况和进展。这样一来，他们就可以在足不出户的前提下，仅通过听到的情报进行推理，就像"安乐椅神探"①一样。

"那个……我可以问一下用人们的情况吗？"日日子来回看着小园间和香坂二人。

"我们的……情况？"小园间疑惑地问道。

"是的！虽然这么说不太好，但杀死天河和山根的凶手，一定是洋馆内的某个人，对吧？"

"这……这倒是。"

"所以，用人们的情况也需要确认一下！"

"我也这么认为。我并不是在怀疑你们，只是觉得以防万一，还是把情况了解清楚比较好。"神用冰冷的眼神看向小园间。

"我明白了。香坂，你去把真锅叫来吧。"

"是。"

香坂离开后，小园间开始讲述自己的身世。

"我已经在御影堂家工作近十年了。在此之前，我在一家电机制造厂工作。"

"这里是御影堂家的别苑吧？那御影堂先生回到东京的时候，你又会做些什么呢？"

"我和真锅都一直跟着老爷，香坂负责在这里看家。"

原来剧情设定是这样的吗！佐藤竖起耳朵倾听着。

小园间会是主办方的工作人员吗？作为管家，他的一举一动都显得非常得体。他掌握了大量情报，对洋馆内的格局、用人和

① 安乐椅神探：推理小说中一类经典的侦探角色。全程坐在安乐椅上，仅靠听、看线索就能破解命案。——译者注

来宾的信息了如指掌。他所做的工作，不像是临阵磨枪训练出的临时工所能胜任的。他应该也不是"侦探"。考虑到他的年龄，他的确有可能已经积累起相当可观的财富。不过，管家这个角色受身份所限，是无法体会到侦探真正的乐趣的——那就是，在未知的场合遇到未知的案件。

香坂把真锅带了过来。

"我记得真锅是去年开始到御影堂家工作的？"小园间向真锅确认道。

真锅点了点头："是的。在此之前，我一直在东京的酒店做厨师长。"

这是一位刚刚受雇不久的主厨。喜欢美食的有钱人或许会想扮演一次"主厨侦探"……不过，真锅此前一直没有参与案件的迹象，而且他是第一个发现山根尸体的人，如果他是"侦探"的话，那运气未免也太好了吧。

香坂也并没有积极参与案件的调查工作。不过，她做过法医学者的职业履历又该如何解释呢？她经历过女儿的自杀，在调查御影堂家的过程中遇上了这次的案件——这简直就是猎奇案件版的《家政妇看见了！》。这样的情节设计会不会过于凌乱复杂了呢？

如果自己可以立刻站起来大喊"到底谁才是侦探？！"的话，那该有多么畅快……

佐藤刚想要双手抱胸，反应过来后赶忙换回了原来的姿势。如果被人察觉到自己正在仔细思考，那将是一件相当危险的事情。

　　他一边装作悠闲地享用美食，一边继续思考刚刚的问题。比起找出"侦探"，说服"侦探"停止游戏更是难上加难。对方究竟是为了满足好奇心、是为了获得旁人认可，还是为了寻求刺激？无论如何，佐藤都很难理解对方的用意。但对方的确是一个屡次参加侦探游戏、享受真实命案现场的人，他如何才能让这样一个人回心转意呢？

　　"用人们认识那两个死者吗？"

　　"我和山根先生是第一次见面。天河先生以前经常来这里，所以我和香坂经常会见到他。真锅……是昨天才第一次见到这两位客人吧？"

　　"是的。"小园间和真锅认真回答了日日子的问题。

　　佐藤停下了拿着餐具的双手。他刚刚一直在思考"侦探"的身份，但"凶手"也不容忽视。毋宁说，如果真的有人企图谋杀自己的话，那么朝自己下手的人正是这名"凶手"。这么说来，他应该优先寻找"凶手"。可是他并不是"侦探"，如果他真的找出了"凶手"，那也就意味着剧情的穿帮。可能还没等到剧情彻底穿帮，他就已经被当作"麻烦"而从人世间消失了。

　　佐藤忍不住叹了口气，他越想越觉得自己进退两难。

　　这时，谈话声逐渐消失，沉默笼罩着整张餐桌。佐藤抬起头，看到两位"侦探"候选人都陷入了沉思。

　　"侦探"的推理……佐藤睁大了双眼。从侦探游戏中成功脱身，这几乎是不可能完成的任务。此时此刻，他却想出了脱身之法，那就是同时在"侦探"和"凶手"身上下功夫。

佐藤在大脑中高速进行着情景模拟。奇岩馆中正在上演的，是一桩连环杀人案。如果放任案件发展的话，自己不知何时便会丢了性命。不过，杀人案已经发生了两起——这已经是一桩"连环杀人案"了。如果在自己被杀之前，案件就已经告破了呢？

在下一个死者出现前，如果自己能让"侦探"成功揪出凶手，那么侦探游戏不就也随之结束了吗？

佐藤拿着刀叉的手又重新充满了力量。这个计划的难度很大，不过，比起说服"侦探"终止游戏，还是这个计划的成功率更高。可是……

到目前为止，还没有任何一个人做出过具有决定性意义的推理，两起杀人案还都笼罩在迷雾当中。这样一来，就只好由自己来提示线索，引导"侦探"解开谜团了。如果自己只是若无其事地给出线索，应该也不会穿帮吧？如果自己能展现出作为助手的出色能力，说不定会让"侦探"对自己青睐有加，那就再好不过了，自己获救的可能性也会大大增加。

佐藤抑制住兴奋的心情，一一扫视面前众人。谁是"侦探"，谁是"凶手"？

在弄清楚这个问题以前，他只能把线索对全员公开。

诡异信件里一共有三行文字，下一起杀人案应该就是最后一起。现在他随时都可能遭遇袭击，必须尽早收集线索，并把线索分享给馆内众人。

2

为什么沉默呢？赶紧给出线索啊！小园间焦虑不已。

神和日日子都沉默不语，一旁的霞久则平静地享用着汤品。明明自己刚嘱咐过他们！在前往每个人的房间通知晚宴开始时，自己悄悄告诉了他们：不要再理会佐藤了。另外，在晚宴上必须给出人间椅子的线索。

剧情中必须穿插着凶手留下的蛛丝马迹。按原计划，人间椅子的线索本应过些时间再给出的，然而，佐藤已快要失控了——他的举动被监控摄像头拍了下来。他们无法对此视而不见。

不过，改动线索的顺序也是常有之事。可以说，这是追求真实体验的侦探游戏所特有的剧情发展。

小园间盯着霞久看了一会儿，终于与她目光相接。霞久用餐巾擦了擦嘴，好像在说"不用你提醒，我也记得"似的。

"那个……有一件事我必须告诉大家。"霞久语调沉重。

同桌用餐的三人一起抬起了头。

"我考虑了很久，要不要说出这件事……不过，这件事可能和天河、山根的死有关，所以……"

"究竟是什么事？"日日子露出关切的笑容。

霞久指了指放在餐厅角落处的一人位扶手沙发。

"接待室、谈话室和客房里，也摆着和它一样的沙发。"

"没错。我的房间里也有！"

霞久站了起来，露出一副痛苦沉重的表情，朝扶手沙发走去。

"这沙发上有机关。"

"机关？"神伸长了脖子。

霞久抓住沙发的木质框架，用力把整个沙发靠背取了下来，露出沙发内部的大洞。

"莫非……"神喊道。

霞久垂下了眼帘。

"是模仿江户川乱步《人间椅子》制作出来的。"

"人间椅子是什么？"日日子天真地问道。

神给出了详细的解释。日日子听完，皱了皱眉："这东西是谁做的？"

"是我父亲。"说完，霞久就低下了头。

"御影堂先生……"神和日日子都没再追问下去。

"乱步隐。"某人喃喃说道——是佐藤说的。

这个家伙……小园间咬牙切齿。把人间椅子和信件的第一行联系起来，几乎就等于揭露了天河被杀案的密室诡计，难道你有资格解开这个谜题吗？！

不过，佐藤在念出信件第一行之后就不再说话，而是安静地享用起美食。

他没有说出结论……难道是单纯的自言自语？小园间的愤怒变成了厌恶。

的确有一部分人就是不会察言观色，想到什么就说什么。莫非这家伙也属于这种类型？即使自己已经警告到了那种程度，这家伙还是一副无所谓的样子。这人真是那种典型的"没有人愿意与之共事"的人。

"啊！小姐，这……"小园间装作慌张的样子，把话题拉了回来。

"小园间，你也知道沙发椅上的机关吗？"霞久故作质问的语气。

"……"

"小园间？"

"……是，我知道。就是我给家具工匠下的订单。"

"还有其他人知道吗？"

"香坂和白井医生也知道。"

"你们为什么不阻止我父亲？"

"对不起。"小园间深深鞠了一躬。

话至此处，必要信息已经全部提供完毕。有灵气的"侦探"应该已经能想到一种可能性了——馆主御影堂正潜伏在馆内，杀人行凶。小园间暗想，自己已经如此努力地使用红鲱鱼技巧[1]了，那其他信息应该已经不重要了吧……

他瞥了佐藤一眼。如果他都暗示到了这个程度，佐藤还没有理解剧情需要的话，那可真是让人无语。不知道游戏结束后，客户会怎么评价他们。

---

[1] 红鲱鱼技巧：推理小说中转移焦点、误导读者思路的写作技巧。——译者注

"那个……接着刚才的话题。"日日子举了举手,"用人们都是第一次见到山根吧!那么,其他人呢?有人之前就认识天河和山根吗?"

没有人回答她。

"霞久小姐呢?天河会经常来这座洋馆吗?"

"没有,我也是第一次见到天河先生。他本人不也是这么说的吗?"

"是吗?!那么,凶手就不在我们几个人中间。"

"凶手不在我们几个人中间?这是什么意思?"

"凶手可能是一直待在房间里的白井先生、船长先生,或是我们还没有见过的什么人。"

"还没有见过……你是说,有我们不认识的人混进了洋馆?"霞久皱了皱眉。

太好了!接下来如果能顺利引导谈话方向的话,说不定就能顺利地让馆主成为红鲱鱼技巧中的烟雾弹角色了。

小园间在脑中描画着流程图。他需要灵活地配合话题的走向,推动剧情的展开。

"因为山根被杀的时候,我们所有人都待在馆内呀!如此一来,很自然会想到凶手不在我们当中吧!"

"有道理。不过这个假设中还有值得推敲之处。"神插话道,"山根本人也无法离开洋馆。可实际上,山根却死在了沼泽里。我们必须先解开逆密室之谜。"

"嗯,没错!"日日子重重地点了点头。

"死亡时间的判断依据是什么？"

啊？小园间几乎在怀疑自己的耳朵。

这是一个直击要害的问题，提问的人又是佐藤。小园间想要狠狠瞪向佐藤，却惊讶地发现，佐藤正紧紧盯着香坂。

"香坂还没有详细地回答过这个问题吧？"佐藤义正词严地问道，语气简直像是换了个人似的。

"好的，佐藤先生，您是想问我是如何推测出死者的死亡时间的，对吧？"香坂装出一副轻松的笑容。可是，她瞥向小园间的目光中却透出几分焦虑。

"你曾经提到，山根的死亡时间是在我们发现尸体前的一小时左右，没错吧？"

"对，对，没错。"

"你的判断依据是什么？"

"嗯……有很多依据。比如说，尸体还没有开始出现尸僵。"

小园间无比紧张地听着香坂的回答。事前，他教过她一些最基础的理论知识。

然而，佐藤并没有完全接受这个答案。"虽然我记得不太清楚，可能是在班门弄斧，但在我的印象里，尸僵是在死后两小时左右才会出现的？"

"嗯，这个嘛……也要结合其他因素一起综合考虑……"

"其他因素指的是？"

"尸……尸斑之类的……"

"山根处于倒立的状态，即使出现尸斑，也应该出现在头部吧？"

"是……是啊……"

"可是，尸体的头部沾满了泥水，你能确认尸斑的情况吗？"

"当……当然！"

坏了。香坂已经乱了阵脚。

"我……我可是法医！虽然很久之前就离开这个行业了，但我还是宝刀未老！如果你怀疑我的判断的话，就请你自己去调查吧！"

小园间插话道："香坂，别说了，消消气。佐藤先生怎么可能会验尸断案呢？他也只是有点疑虑而已。是吧，佐藤先生？"

"是……对不起。"佐藤突然变得有些怯懦，"我不是想否认香坂的经验和能力……不好意思。"

他的脸色就像是差点儿被人杀掉似的，低头看着眼前的盘子，整个人的气势都矮了一截。

小园间刚放下心，低着头的佐藤却又开口说道："可是一般来说，推测出的死亡时间应该是一个跨度长达几小时的时间段吧？"

餐厅中冷风吹过。别再深究这些细枝末节的问题了！

小园间的心中泛起一阵杀意。他打算靠鸡蛋里挑骨头来拆穿香坂的谎言吗？用这种歪门邪道的推理方式也该有个限度吧！

天河被害的三重密室，山根被害的逆密室，香坂女儿的过往……明明还有很多其他的推理方式，佐藤却偏偏要抓着一般人不知道的专业知识不放，非要找出其中的破绽。这人真是本性低劣！这根本就违背了推理作品的公平性！而且你根本就不是"侦探"啊！这个家伙！

小园间忍不住看了一眼装在餐厅中的监控摄像头，他暴怒的面孔和雅重合在一起。怎么办？如果此时香坂的谎言被佐藤拆穿，那一切就全完了。再被他问下去，那么在执行下一起杀人案前，凶手就已经被提前锁定了。

"哦？佐藤先生，看来您对此很熟悉嘛。"香坂轻松地说道。

佐藤猛地抬起了头。

"原来最近法医学界的通行做法是这样的呀？我那时候的工作标准是，推测死亡时间的误差不能超过三十分钟。真是不好意思，我那套标准早已过时了。"

"是吗……"佐藤嘟囔了一句便闭上了嘴。

太好了！香坂的灵机一动大获全胜。小园间几乎想要冲上去抱住这位同事。

香坂，我一定会为你争取增加奖金的！小园间用眼神告诉香坂。香坂也像是觉察到了这份赞誉一样，面色稍缓。

不过，小园间的心中依然留有几分不快。佐藤的目的究竟是什么？

听当时的面试官说，佐藤的确挺喜欢推理。莫非，他是在好奇心的驱使下才做出这些出格行为的吗？可如果是这样的话，他的攻势又显得弱了些。他为什么不直接说出天河被杀的案件中用到了人间椅子呢？刚刚对香坂的逼问也是。如果他继续强势追问几句话，香坂应该也会哑口无言，这样一来，他甚至可以当场揭穿香坂就是凶手。

佐藤一边提出直击要害的问题，另一边却又不追问答案。这种感觉就像是用尖刀轻轻划过皮肤一样。他是在故意捣乱吗……应该也不是，这家伙绝对没有这份镇定。莫非他只是单纯地没有想到答案吗？

无论是哪种情况，小园间都感到相当不快。这个家伙有可能成为游戏中的害群之马。

除掉他……

按原定计划，他们也可以考虑将其封口。不过，现在已经出了白井死亡的意外情况，如果再有人意外死亡的话，剧本的连贯性就要大打折扣了。抑或再去警告佐藤一次，然后密切地观察他接下来的行为？

小园间决定稍后再做判断。

"小姐，不如现在先让大家去休息吧？"

"是啊，明天警察就到了。与其我们自己在这里胡乱猜测，倒不如让警察来仔细调查一番，更有利于破解谜团。"霞久把餐巾放在了桌子上，意欲起身。

"……不如大家待在一起吧？"说话的又是佐藤。

"一起……你是说在这里？"霞久不解地问——这次不是演的。

"是的。直到明天御影堂先生的船回到这里，我们能够下岛为止，大家都待在一起。"

佐藤的声音十分紧张——他似乎明白自己的行为已经越界了。当然，小园间是不会同意这种要求的。

"佐藤先生，老爷要到明天下午才会回来。让大家一直待在这里，实在是有些……"

"落单的人容易被袭击。你是这个意思吧？"神盯着佐藤说道。

"是的。"佐藤也盯了回去。

剧本里没有的对话接二连三地出现……

小园间长叹了一口气。

这是暴风雪山庄中绕不开的问题，甚至可以说是一个陈词滥调的问题：为什么作品中的登场人物在随时可能被杀的前提下，还会单独行动呢？明明所有人都待在一起会更加安全，不是吗？

尽管如此，很多推理作品中的登场人物还是会分别回到各自的房间。作者为他们准备了很多理由，如无法忍受极端情况下的紧张感，认为和自己不信任的人同处一室会更加危险，压根儿没有意识到落单的危险性，等等。不过，真正的原因只有一个，那就是：如果不让目标人物落单的话，就无法将其杀死。

正因如此，推理作者才会让作品中的人物一边因连环杀人而感到恐惧，一边又不停地单独行动。

这也是小园间现在不得不做的事。如果现在大家不分头行动的话，那么最后一起杀人案就无法实施了。

不过，小园间早已预料到佐藤的要求。在这种情况下，有人会拒绝单独行动也是情理之中的事。无论小园间他们如何警告对方不要做多余的事，一旦对方感到自己的生命受到威胁，那行为失控也在意料之中。如此想来，小园间也理解了佐藤的反常行为：

他之所以会行为怪异得像换了个人似的，也是因为感受到了性命难保的恐惧。

虽然有些对不起佐藤，但小园间必须让众人分头行动。小园间已经看穿了佐藤的心思。

他们的剧本里没有破绽。即使是"侦探"一时糊涂提出让大家共同行动，他们也做好了万全的准备，能够让所有人回到各自的房间。

3

摆钟已经敲过了二十点。

现在如果自己落单的话，那人生也就要画上句号了。

佐藤几乎要哭喊出来。大吼，发狂，哭求。如果这样做就能让人听到自己的请求，那该是多么幸福！可是，现实却十分残酷。自己一旦轻举妄动、说出侦探游戏的内幕，就会立刻丢掉性命。

在冒着风险试探众人过后，佐藤几乎能够确信，"侦探"就在访客之中。当推测的死亡时间出现破绽时，小园间维护了香坂。用人们异常团结，大概他们都是游戏的主办方人员，霞久也是。这么说来，一直没有离开房间的白井医生也很有可能是主办方人员。可以认为，"侦探"是以来访客人的身份参加游戏的——相当老套的身份设定。"侦探"的人选范围也缩小到神、日日子和船长三人身上。

不过，佐藤冒着巨大风险得到的收获也只有这些了。虽然他自认为给出了充足的线索，但"侦探"却没有做出半点反应。在天河被杀案中，只要把"人间椅子"换一种用法，就能轻松破解三重密室之谜。在山根被杀案中，只要质疑香坂推测出的死亡时间，就能彻底解开逆密室之谜。

如果神或日日子是"侦探"的话，那么在获得这些提示线索后，他们就应该能够推理出答案了。这样一来，所有谜底就都会在晚宴结束前被揭开，案件也会得到妥善解决。在第三起杀人案发生以前，侦探游戏便可以迎来终章。然而，佐藤说得越多，越发现自己的盘算落了空。

神和日日子都没有跟着佐藤的思路进行推理，反而用冰冷的目光望向佐藤。

难道自己推理错了吗？

不可能。人间椅子的诡计已经得到了印证，自己也已经证明香坂的证词中存在模棱两可之处。即使自己的推理和实际情况有些许出入，至少也应该能够引起"侦探"的注意。

"侦探"会是船长吗？那个遮住面容的、上了年纪的男性，也是最适配"富豪"这个身份的角色。或许，他考虑到好不容易才让人搭建起这座游戏舞台，于是决定在自己的房间中做个"安乐椅神探"。佐藤虽然无法理解这种暴殄天物的行为，但既然对方已经参加过很多次侦探游戏了，那以这种方式取乐也并不奇怪。

神和日日子都不是"侦探"吗？又或者，他们中的某个人虽然是"侦探",但非常愚钝？再或者,"侦探"虽已察觉异样,但仍决意效仿哲瑞·雷恩[1]保持沉默？

佐藤正谁也不看、兀自思索时,小园间忽然对他说道:"佐藤先生,如果大家要在这里一直待到明天中午的话,这对大家来说也是一种负担吧……"

"我认为比起有人丢掉性命来说,这根本不算什么。大家难道都不害怕吗？"佐藤着重强调了自己的胆小。

眼下正在上演的,是一桩连环杀人案。临时工感到害怕也很正常吧？他还没有观察到"侦探"的反应,至少此时此刻必须阻止众人回到自己的房间。

"不过,杀人案未必会继续发生。"小园间看了看表说道。

"你们二位是怎么想的呢？是否也认为杀人案不会再发生了呢？"

佐藤朝两位"侦探"人选问道。既然他们没有动起来,那佐藤就让他们动起来。

"还会继续发生吧？"神马上答道,"至少凶手还想继续行凶。"

"是的！天河和山根被杀,对应着信件的前两行内容。可信上还有第三行呢！"日日子也同意他们的观点。看来,她连信上诡异语句的真实含义也已经完全掌握了。

如果她一开始就读懂了那封信的话,为什么刚才不在自己挑

---

[1] 哲瑞·雷恩:埃勒里·奎因笔下的名侦探,性格内敛,沉默的外表下是洞悉一切的理性。——译者注

起话头时继续说下去呢?

佐藤此刻的心情,很难用"安心"或是"焦虑"来形容。"侦探"真的就在他们二人中间吗?

佐藤决定进行最后一击。

"所以,我认为还是大家都待在一起比较好。不如把留在房间里的白井先生和船长先生也叫过来吧?"

没错。白井倒是可有可无,但佐藤想见一见这位船长——毕竟船长也有可能是"侦探"。如果有机会的话,佐藤还想把线索也告知船长。

"这恐怕有点困难……"小园间的脸色变了变。

佐藤已经见惯了小园间愁眉苦脸的样子,但今天的这副表情却是第一次见到。莫非,自己问到了什么对方不希望被问到的问题吗?

不过,小园间的惊愕神情很快就消失了。

"我也考虑过这个问题。但我认为,如果凶手真要按照信件第三行内容实施杀人的话,那么大家待在一起反而更不安全。"

佐藤无法理解小园间的用意,用沉默催促着对方继续说下去。

"我们之中没有人既见过天河先生,也见过山根先生。这也意味着,凶手的动机尚不明确。但反过来想,或许凶手根本就没有动机呢?"

"你是说无差别杀人吗?"神概括道。

佐藤也考虑过这个问题。

小园间小心翼翼地说道："是的。从信件内容来看，凶手应该相当喜欢推理。所以，无论凶手杀害的对象是谁，其目的都是……"

"完成诡计。"神说出了自己的结论。

"'我想在现实中试一试自己想出的杀人诡计。'是这个意思吗？"日日子独特的语气让神苦笑不已。

"我一直对信件的内容感到奇怪。一般而言，比拟杀人会暗示死者的死亡，但这封寄给霞久的信却并非如此。"神推了推眼镜，"看信件中的内容，与死亡有关的描写只有第三行的'最后彬光被拔下头颅'这一句。第一行是'乱步隐'，第二行是'正史闭'。在天河和山根的被害现场，的确有与乱步和正史相关的要素。不过，第一行里的动词是'隐'，第二行里的动词是'闭'。"

"如果要暗示杀人的话，那应该用'刺中胸口''大头朝下'这类的表达吧？"日日子附和道。

"至少我敢说，如果不使用表达尸体状态的词汇的话，会显得相当奇怪。"神像是朝着虚空，也像是朝着自己喃喃说道，"'乱步'和'正史'两句也不是完全不符合这个标准。不过，'隐'和'闭'两个动词都有各自的深意。'隐'是指凶手藏身于人间椅子之中，直到发现尸体的人全部离开为止。'闭'是指在山根死亡时间前后无人能够进出洋馆，凶手实际上将洋馆封闭了起来。换句话说，这两个动作都与诡计而不是与尸体有关，凶手从一开始就是想炫耀自己的诡计。"

神的喋喋不休，让佐藤没机会提出反对意见。就佐藤自身而言，他也和神做出了相同的推理，这也让他犹豫着是否要出言反对，而且……

神这不是已经发现了天河被杀案中的诡计了吗？而且神的话中似乎也暗示着勘破山根被杀案的关键就在于那个推测出的死亡时间。这个家伙不容小觑。

小园间为神缜密的逻辑而敬佩不已，连忙带着一副"你看吧，我早就说过！"的得意神情，雄辩道："这样一来，大家都待在一起也没有任何意义了。恰恰相反，如果大家都聚在一起，反而可能让更多人被卷进杀人案中来，从而出现更多的死者……"

"等等！"佐藤大声叫道，再这样下去就糟了。

"无差别杀人只是其中一种可能性，不是吗？而且就算大家都待在一起，这也未必会让更多人被卷入杀人案。"

"如果凶手向人群开枪扫射呢？那大家就全完了。"

"啊？"佐藤对小园间的台词感到无语。

"这里并不是日本。我们应该考虑到凶手可能持枪的情况吧？"

小园间说得不错。如果现在凶手持枪进入餐厅扫射众人的话，他们又该如何是好呢？所有人都会处于危险之中。即使是明知自己十分安全的"侦探"，也有被流弹射中的风险。

可是佐藤还是觉得有哪里不对劲。如果真是这样的话，那诡计也变得毫无用处了。小园间提到枪的存在，这一点本身也非常奇怪。

在此之前，他们一直营造出奇岩馆就坐落于日本境内的氛围。不对，应该说，他们把氛围营造得相当成功，就连佐藤自己也会时常忘记这里是加勒比海上的一座孤岛。可是，小园间刚刚的发言却是在主动打破这种氛围。

小园间即使"搬石砸脚"，也要让所有人都回到各自的房间里吗？

佐藤感受到小园间强烈的执念，不禁脊背发凉。可是，他除了与小园间正面对抗以外，别无他法。

"如果凶手非常看重诡计的话，是不会用枪对人群进行扫射的吧？"

无论如何，他已经"知道"下一个被杀的人将会是自己。他不想沦为作品中那些轻易被杀的小角色。

"我……我想说的是，如果大家聚集在一处，那么可能会面临更多危险。而且，我没有看到大家一起在此守夜的任何好处。当然，我会遵从大家的决定的。"

小园间环视众人，眼神近乎恳求。

"佐藤先生说的话也有些道理哦！"日日子朝佐藤笑道。

他似乎是第一次与日日子对视，激动得几乎要哭出来。

"不过，小园间说的话我也能理解！"日日子移开了视线。

佐藤依然几乎要哭出来——另一种意义上的"哭"出来。

"是各自待在自己的房间里，还是所有人都聚在一处，还真是无法做出决定呢！"日日子耸了耸肩。

不能这样下去了。如果让大家各自决定的话，就无法让所有人都待在一起了。

"我……"神双手抱胸靠在椅子上，"我想一个人安静地思考。"

佐藤眼前一黑。

"我并不是自负地认为自己一定不会被杀，但比起待在一个开放的空间里，不知道凶手会从何处瞄准自己，我还是选择待在自己的房间里，这样比较安全。"

神做出了决定。佐藤无比绝望。

一切都结束了……吗？

"如果集中行动会带来很大好处的话，那另当别论。不过，人家是女孩子呢！总有些事情不太方便……你说呢？"日日子转头看向霞久。

霞久苦笑道："啊，对，没错。"

"那么，感谢款待，我先回去了。"

神站了起来，日日子也站了起来。

在走出餐厅前，神又折返回来，说道："佐藤的担心也不无道理，所以大家回到房间后千万不要忘记锁门！"

他是在同情自己吗？那就不要离开餐厅啊！

佐藤用眼神朝神说道。不过，神和日日子并未看到佐藤的眼神。

佐藤缓缓转向餐桌。

"佐藤先生……"被人叫到自己的名字，佐藤抬起头，看到霞久正站在自己身边。

霞久俯视他的眼神中浮现出悲戚之色。霞久知道，这是他们二人最后一次见面了，此刻的分别便是永诀。

佐藤再也受不了这种感觉，于是移开眼看向别处。

"你这么说会引起别人注意的。"她用仅他们两人能听到的声音说道。

听到这句意料之外的批评，佐藤重新看向霞久。

霞久再度压低了声音，恢复了往常的语气："凶手对推理有着超乎寻常的执着精神——这说的不就是你吗？"

佐藤感觉自己受到了当头棒喝。他披露了很多解谜所需的线索，还步步紧逼地审问香坂。可是，他却没有逼问出答案，而是悬崖勒马，在离答案只有一步之遥的地方停止了攻势。如此一来，别人自然而然会认为他是在试探"侦探"的推理能力，并以此为乐。

而且，他明明之前一直一言不发，此刻却突然一反常态地要求所有人都聚集在一起。这种行为多么奇怪！自己失算了。

他试图在不触及谜题核心的前提下给出相应线索，但现在看来，这种做法却适得其反。他本以为自己保持了充分的冷静，但实际上却做出了极不冷静的举动。

"我为什么会把你这样的人错认成'侦探'啊……"霞久小声嘟囔道。

"如果当初没有认错人的话，现在就不用想这些事情了。"

"小姐也早点休息吧。"小园间收拾完餐具，朝霞久说道。

霞久换上一副愉悦的表情："好的。佐藤先生也请回房吧，这里晚上会很冷的。"

她边笑边用嘴型对佐藤说道："我什么也做不了，但是……请你活下去。"

霞久转身离开了餐厅。

虽然霞久的身影已经消失不见，但佐藤依然紧紧盯着餐厅入口处。他要活下去，和这个女孩重逢。

"佐藤先生，您接下来打算怎么做呢？当然，您也可以继续留在这里。"小园间面无表情地向佐藤问道。

与其一个人留在这里，还不如回到房间里去。

"我要回去了。"

佐藤站起身，朝自己的房间走去。他进入房间后立刻锁上了房门，然后把床搬到门口，堵住了房门。

窗户怎么办？他急忙走过去确认窗户是否已经上锁。不过，如果有人打破窗户进入室内，那自己就大限将至了。

他又把放在门前的床挪过来，立在窗户前面。然后，他用沙发和橱柜重新堵住了那扇不厚的房门。

对了，还需要武器。他从衣柜中拿出衣架，当作自己的防身道具。

自己绝不能就这样被人杀掉！佐藤背靠在墙上，来回扫视着房门和窗户。

4

小园间在司令室的监视器上，监视着佐藤的自救过程。

其他人也都回到了各自的房间。

"开始吧。"小园间下达指令后，磐崎按下了操作台上的按钮。

在二层的某个角落，香坂房间里的台灯开始闪烁。

香坂正披着斗篷，在榻榻米上正襟危坐。注意到台灯闪烁后，她朝监控摄像头点了点头。

"拜托了！"小园间两手交握，做出祈祷的姿势，看向面前的监视器。

香坂走出房间，来到谈话室。磐崎则配合着香坂的行动，切换着监控摄像头的画面。

二层厕所前——二层走廊D——谈话室前走廊——谈话室B摄像头，主监视器上的画面一直跟随着香坂前进的步伐。

来到谈话室后，香坂抓住神将像的头部，边旋转边向上抬起，毫不费力地将其拔了出来。她把神将像的头部藏在斗篷下，随后转身离开。

"她虽然是临时找来的替代品，但动作还是挺流畅的。"雅在司令室后侧说道。

"因为我让她反复模拟了很多次。"小园间答道。他的眼神始终没有离开监视器。

很好，香坂做到了。他紧紧攥住的双手越来越用力。

谈话室前走廊——二层走廊C——书房前走廊——馆主卧室前走廊——二层走廊A，香坂快步向前走去。终于，她深吸一口气，敲了敲某个房间的房门。

"是谁？"

"我是香坂。"

房门按计划打开了，霞久探出头来。事先她已经得到通知，香坂将会带着神将像的头部来到这里。霞久连忙让香坂进入房间。

关上房门后，香坂马上将神将像的头部从斗篷下取出，递给了霞久。

霞久双手接过，目光落在这颗头上："我知道得不多，这个是……"

霞久开口的瞬间，香坂持刀刺向她的颈部，紧接着，又用另一只手捂住了她的嘴。霞久瞬间目光失焦。香坂拔出刀，血液喷涌而出，把神将像的首级和香坂的衣服都染成了红色。霞久跌倒在绒毯上，头偏向一边。监视器上显示出她大睁着眼、即将殒命的面孔。

等到血液流淌殆尽后，香坂把霞久摆成俯卧的姿势，将刀子插进她的颈部。刀被骨头卡住，割断脖子所花的时间比想象中更久。

香坂操作完毕后便把身体探出窗外，将刀子朝海中扔去。之后她照了照镜子，确认血没有溅到自己脸上之后，便重新披上了斗篷。这件黑色的斗篷可供正反两面穿，香坂把它反过来穿在身上，从外面完全看不出斗篷上沾了血迹。

到这里为止，一切都非常顺利。接下来，只需完成密室诡计便大功告成了。

"加油！"操作台前的磐崎开始小声为香坂加油鼓劲。

司令室内的所有人都紧张地盯着监视器。

香坂戴上手套锁好窗户，捡起神将像的首级。终于要进入密室诡计的部分了。

霞久房间的门锁是普通家庭常用的弹簧锁，旋转门内侧的旋钮（也就是反锁旋钮）后，门内的反锁锁舌会弹出，房门就会被锁上。

香坂打开房门后，轻轻转动反锁旋钮，让反锁锁舌处于刚好没有弹出的临界位置，然后让神将像用嘴"含住"反锁旋钮。当然，这尊神将像的口部预先经过精妙的设计，才会刚好适配反锁旋钮的大小。

确认神将像已经咬合住反锁旋钮后，香坂从口袋中拿出钓鱼线，并将钓鱼线结成环状的一端挂在神将像的耳朵上。她拿着钓鱼线轻轻走出房间并关上房门，用房门夹住钓鱼线。

香坂看向手中的钓鱼线，再次深吸了一口气。司令室中也响起深呼吸的声音。

香坂小心翼翼地猛拽了一下钓鱼线，神将像的头部纹丝不动。

"加油！你能做到的！"小园间下意识地为香坂加油打气。

成功突然降临。

随着"咔嗒"一声，咬住反锁旋钮的神将像首级猛地转动起来。转动的力道太大，以至于首级从反锁旋钮上脱落，掉落在地板上。

隔音的司令室内欢声一片。

这个诡计的原型是高木彬光《人偶为何被杀》中的斩首杀人案。人偶的头部并非普通的装饰品，而是与密室诡计息息相关。小园间得意地想，客户应该也会对此十分满意。

"还没结束吧？"雅泼来的冷水瞬间浇灭了小园间的激动情绪。

这位上司永远无法因下属的赫赫功绩而感到欣喜。小园间已经受够她了。

钓鱼线从神将像的耳朵上脱落下来，香坂正在将其回收。

"那我先走了。"小园间背对着雅说完，便快步离开了司令室。

香坂的练习卓有成效，小园间为她感到非常高兴——就像为自己的成就感到高兴一样。

没错！他们是一个团队！

每个人都有自己的毛病。不过，如果成员们不能克服缺点、团结一心的话，那么团队工作就无法顺利运行。虽然团队里的麻烦事很多，但他们偶尔获得的成就感，便足以将这些麻烦带来的糟糕心情清零。他们会一次又一次地忘记，然后一次又一次地被提醒。

小园间穿过管家室，登上二层。谈话室前，是一尊无头的神将像。

让一切都来得更猛烈些吧！小园间用尽全力发出一声尖叫，力图让自己的声音响彻洋馆内的每一个角落。

5

长时间的紧张和恐惧让佐藤倍感憔悴。

他在房间的角落里坐下，紧紧盯着房门和窗户。为了不错过走廊里的任何一点脚步声，他把全部注意力都集中到耳朵上，对房间里的轻微响动也异常敏感。

干脆一不做二不休，从窗户逃到外面去怎么样？可是，他无法战胜心底对于打开窗户的恐惧。无论如何他也没法逃到岛外去，即使逃出洋馆，被人发现也只是时间问题。

然而，他已经无法再忍受下去了。在船只抵达小岛之前的不到一天的时间里，他或许能避开追踪。

佐藤心意已决，准备绕过窗前那张立起的床——他刚刚把它放在那里，作为障碍物。

正在此时，他听到了小园间的叫声。佐藤于震惊之下跌倒在地，险些被压在床下。

自己得救了吗？他最初的感觉是如释重负。死者是旁人——他兴奋得涕泗横流。虽然他也厌恶自己的幸灾乐祸，但他无法掩饰自己的本心。

他把门前的沙发移到一旁，来到走廊上。声音是从二层传来的，他小心翼翼地登上楼梯。

谈话室里聚集了很多人，他们齐刷刷地看向神将像。

"大家都不知道神将像的首级去了哪里，是吧？"

"是的……完全不知道……"小园间回答了神的问题，语气中难掩恐惧。

除了小园间、香坂、真锅等用人外，神和日日子也已经来到谈话室。只有香坂换上了一身斗篷。

"那人没来……"佐藤全身汗毛倒立。

"霞久小姐呢？"佐藤喃喃地问道，也不知是在问谁。

"……真的呀，她没有过来呢！"日日子面露阴云。

"……小姐！"小园间冲了出去，众人也紧随其后。

小园间跑到霞久的房间前，粗暴地敲了敲房门。

"小姐！霞久小姐！"

里面无人回答。

神转动门把手，房门上了锁无法打开。

"小园间！钥匙呢！"神喊道。

"老爷和小姐的房间没有万能钥匙！"小园间摇了摇头，表情像是几乎要哭出来一样。

佐藤把小园间和神挤到一旁，用身体撞起房门。房门没有打开，佐藤只感受到了肩膀上的剧痛。

"一起来！"

他和神一起撞门，房门终于被撞坏，向内打开了。

即使看到了霞久的尸体，佐藤也很难接受这个现实。霞久的头部被人从躯体上割了下来，旁边则滚落着神将像的首级。

"这怎么可能……霞久她……"

明明应该是主办方的人！佐藤欲言又止。

“最后彬光被拔下头颅。”日日子喃喃道。

“这……小姐的头……”小园间跌跪在地。

“这是《人偶为何被杀》吧……”神颤抖着声音说道。

“这是什么意思！”日日子问道。看来，她的兴趣点已经从霞久之死转移到破解谜团上来。

神推了推眼镜，像是帮助自己冷静下来一样。

“……是高木彬光的代表作。里面有个场景，尸体的脖子被割断，旁边则滚落着人偶的头颅。”

“简直和这里一模一样！”日日子表现出诡异的感动。

其实二者之间还是略有出入的。在《人偶为何被杀》中，尸体的头颅被人从现场带了出去。不过尽管如此，结合怪信的第三行来看，很明显，这也是一场比拟杀人。

“不过，这不仅是一场比拟杀人，凶手还制造出了密室。”神走进房间。

佐藤依然静静地站在房间外面。他还在想着霞久，而不是比拟杀人或密室诡计。

高于临时工，但又不完全隶属于主办方——霞久的地位十分微妙。虽然不会像从黑市招募来的临时工一样用完就扔，但主办方告诉她的信息也十分有限。在他打听侦探游戏的秘密时，霞久说过，这次她得到的关于行动步骤的信息比以往更少。原来主办方之所以这样做，是出于一个异常残酷的理由——这次，霞久也会命丧于此。

即将被杀的角色不会得到太多信息。

天河大概是生性健谈，暂时不作考虑。山根说的话一直很少，直到被害之前，山根只推动了几次剧情，说了几句台词。他恐怕也被提前警告过，不要做多余的动作。就连天河也是，虽然话多，但绝大多数都是无用的闲聊。

不对，这样一来，有一点就显得非常奇怪了。别说是推动剧情的动作了，就连台词自己也没有被分配到一句，甚至连人设都相当敷衍。无论从哪个方面考虑，自己都应该在"被害角色"之列。如此说来，杀人的戏码接下来还会上演。

可是从戏剧性的角度来看，最后一个死者理应是霞久。来路不明的小人物"佐藤"竟然死在女主角霞久之后——这个剧本实在是相当失败。

莫非，剧本走的是全员被杀、无人生还路线？

不对，既然"侦探"一定会生还，那就不可能是无人生还的结局。而且信件的第三行是"最后彬光被拔下头颅"。已经明确提到了"最后"，不是吗？！

那么，难道这就是最后一场杀人案吗？

"难道说……"佐藤突然想到些什么，忍不住惊呼出声。

小园间狐疑地转过头来看他，见他再度陷入沉默，便又转了回去。

难道说，自己是凶手？

难道说剧情的走向是，自己"自杀"（实则被害）后，剩下的谜团才会被一一揭晓？

不对，即使剧本真的安排了这样的结局，"佐藤"这个角色也显得太过单薄。如果他是凶手的话，剧情应该会提前暗示他的作案动机，但"佐藤"却没有任何角色背景。

思来想去，他还是回到了原点：如果不早点让"侦探"解开谜团的话，他就要性命难保了。

6

调查结束后，神和日日子离开了房间。

小园间故意摆出一副严肃的表情——一旦精神松懈，他恐怕会直接笑出声来。现场堪称完美，香坂的练习卓有成效。

不过，这种满足感并没有持续很久。因为佐藤与二人擦肩而过，进入了房间。

"佐藤先生……"小园间虽然很想阻止他进门，却找不到正当的理由。

佐藤盯着房门内侧说道："这里有血迹。"

"是的。可能是霞久死时喷出来的血，也可能是凶手摸到这里时不小心沾上的。"神斩钉截铁地答道，语气像是已经确认过现场状况了一样。

佐藤在门前蹲了下来："应该是后者。沾在这里的血迹量并不大，而且有刮擦过的痕迹。不过，这血迹未必是凶手直接接触房门留下的。"

说着，佐藤故意回过头来，看向神将像的头部。

"真过分！这雕像的头上也沾满了血迹！"

这个家伙已经识破了诡计，必须在他失控前让他彻底沉默……小园间朝佐藤的手臂伸出手去。

紧接着，佐藤自己走到了房间外，朝小园间问道："为什么凶手要把雕像的头部带进来呢？"

"为了完成比拟杀人吗？"

小园间决定暂时装傻。

"'最后彬光被拔下头颅'。那封信上是这样写的吧？"

"是……是的。"

"但是，凶手只要在现场留下霞久小姐的头颅，便足以构成比拟杀人了。虽然霞久小姐是被人割断了脖子，这和'被拔下头颅'还是有差别的。"

这个家伙，是不是觉得自己得救了就开始得寸进尺啊！真是缺德！

即使看到小园间苦大仇深的表情，佐藤还是毫无畏惧地说道："莫非，霞久小姐才是这个案件中的烟雾弹角色？"

"烟雾弹？"日日子疑惑地问。

"对，烟雾弹。那封诡异信件暗示的并不是霞久小姐的头颅，而是……"

"别再说了！"小园间怒吼道。事到如今，他只能以蛮力阻止佐藤继续说下去了。

"小姐已经被杀了！你还说她是什么'烟雾弹'！能不能注意一下自己的用词！这是对死者的亵渎！你把'死'当作什么了！"

连小园间自己都不知道自己在说些什么。不过，感情宣泄带来的压迫感似乎起到了作用，佐藤的气势明显减弱，嘟囔了一声"对不起"后就闭上了嘴。

还是神打破了沉默："这一点的确非常重要。信件的第一行和第二行都暗示了某种诡计，如果认为第三行也遵循同样的逻辑的话，那么神将像的头颅也应该与密室诡计有关。"

佐藤的嘴角翘了起来。小园间也发现了他表情的变化："佐藤先生，您这是怎么了？"

"没什么……"

佐藤又恢复了先前软弱的态度。

这个家伙到底在密谋些什么？

自从自己警告过他之后，他明显变得怪异起来。是在故意捣乱？但他明显非常胆怯。莫非想在自己被杀前解开案件之谜？但他的推理又不够直击要害。从线索来看，他提示得太多，从答案来看，他又没有得出答案——他简直像是要把提示线索的工作贯彻到底。莫非他是觉得，他现在的这些行为没有违反先前收到的警告吗？那可真是大错特错。

自己应该在事态进一步恶化前杀死佐藤吗？

真锅用眼神问小园间："动手吗？"真锅的围裙里装着一把菜刀。

不行，就差一点了。只差一点，这桩案子就能完美落幕了，小园间不愿意为了闲杂人等而毁了整个剧本。

"那个……不好意思……"

打断小园间思考的，正是那个他犹豫着是杀还是留的"闲杂人等"。

"船长和白井那里，我们也应该通知一声吧？"

"现在他们正在休息。"

小园间没有把佐藤的话放在心上——他无视了佐藤，希望赶紧推进剧情。

可是，佐藤却没有接受这个解释："这边已经这么吵了，他们却还在休息？如果是这样的话，就更让人担心了。咱们应该去查看一下他们那边的情况吧？"

这个家伙！小园间感到自己的血管几乎都要爆裂开来。不过他转念一想，佐藤的建议对他而言并非全无益处。下一幕戏本应在明天早上开场的，不过也不妨将它提前到现在。

"我知道了。我去叫一下他们。"

"我也去！"香坂似乎看出了小园间的意图，走上前来。

"那大家就一起去吧。我觉得现在大家还是待在一起会比较安全。"

小园间带领众人朝白井的房间走去。那里已经准备妥当。

"白井医生……"小园间边喊边敲门。

当然，白井并没有回答。

"白井医生！"小园间又大喊了一声对方的名字，确认房门处于上锁状态后，他用万能钥匙打开了房门。

白井正躺在床上的被窝里，早已被换上了睡衣，伪装成在睡梦中死去的样子。

"白井医生！"

无论怎么呼喊，白井都没有任何反应。于是，神和日日子进入了房间，佐藤也大摇大摆地走了进去。

"他已经死了！"日日子确认了白井已经死亡。

佐藤神情紧绷。

"他的嘴边有污渍。"神盯着尸体说道。

"这是……毒药？为什么会这样？"

日日子喃喃道。她抬头看了看天花板，拿起靠在桌边的高尔夫球杆，用球杆捅了捅白井头顶的天花板。天花板毫无声响地往旁边移动了几分，露出屋顶的暗室。

"这上面有多大的空间呢？人能进得去吗？"

"我没有进去过，不过即使是成年人，蹲下后应该也能进得去。"

对于小园间的回答，日日子和神都露出一副深信不疑的表情。

非常好。这个诡计是临时安排的，最好尽快把它变成既定事实。他们无法让白井一直处于失踪状态，可如果让白井的死显得与其他杀人案件之间毫无关联的话，又会惹人怀疑。于是，卡尔临时想出了一个补救方法，将江户川乱步与密室巧妙地融合在了一起。

"这是《屋顶的散步者》吧？"神抬头看向天花板上的空洞。

杀人方法是，从天花板上垂下细丝，让毒液流进躺在床上的白井的口中。在杀害山根之前，香坂执行了这一计划。其实她所做的仅仅是让毒液流进已经死去的白井的口中而已，不过从监控画面来看，就像是身体不适卧床休息的白井被人毒杀了一样。

"是乱步啊……"

小园间听见佐藤冰冷的声音，立刻说道："佐藤先生，这里就交给神先生和日日子小姐吧，您看怎么样呢？"

小园间轻轻推了推佐藤——如果再让佐藤说出什么奇怪的话语，那可就大事不妙了。

"是吗……是《屋顶的散步者》呀……不过……"佐藤望向天花板上的大洞，"这座洋馆的屋顶夹层是相通的吗？"

"不是！没有！"小园间坚决否认了这种说法，"而且，只有这间房间和隔壁房间的屋顶有夹层。小姐的房间、其他客房以及一层房间的天花板都是没有夹层的。"他一口气解释完毕。

在卡尔修改的方案中，这个地方也颇有争议。如果在游戏最后才提出屋顶夹层里有个秘密通道，那很可能会让人觉得此前的所有密室都失去了存在的意义。如果客户在游戏过程中指出这一点的话，那他们就会告诉客户，屋顶夹层仅有一部分可供使用，以此来维持剧本的前后连贯性。虽然有种为了设定而设定的感觉，但他们已别无他法。

不过，这个设定可不是为了你准备的！小园间厌恶地看向佐藤。

可佐藤全然没有注意到他的眼神，而是直勾勾地盯着白井的脸。

"他已经死了有一段时间了，至少已经过去了二十四个小时。

对吧？"他向香坂征求意见。

距离白井的死，已经过去了一天左右的时间。此刻他的脸已经开始腐烂。

"这个嘛……在警察来之前，咱们还是不要碰尸体比较好……"香坂一时语塞。

"你连他死亡的大致时间也判断不出来吗？"佐藤死死盯住香坂。

"不是……不过……"香坂狼狈不已。

"最后一个和白井说过话的人是谁？"

面对佐藤的质问，香坂和真锅都神情紧张。

"应该……是我吧？"小园间不情愿地站了出来，"但我和他最后一次说话是在昨天晚上。当时他说自己身体不太舒服，要休息一会儿。"

"哦？白井身体不舒服吗？我记得船长也身体不舒服来着？"

"没……没有……船长只是没有胃口……"

总是唠唠叨叨地问这些细枝末节的问题……这个家伙怎么这么讨厌！

"那昨晚之后你一直没有跟他说过话吗？"

"是的……他说了自己要休息一会儿。"小园间用手帕擦了擦冷汗。

佐藤陷入了沉思。

现在满意了吧？那就闭嘴吧！

"现在只能请香坂来验尸了。"佐藤轻轻挠了挠头。

这个家伙！接下来饶不了你！

"……香坂，你现在能验尸吗？"

如果自己坚决拒绝佐藤的提议，那也会显得相当刻意。小园间只好把问题抛给了香坂。

"这个嘛……"香坂走到白井枕边。

坏了。小园间不希望有人深入调查白井的死亡时间，不仅如此，他甚至不希望有人追查白井之死一案。因此，他才会把这个案子的难度设定得很低。如果佐藤对白井被杀案吹毛求疵，就像在餐厅里逼问香坂时一样的话……

小园间看向正站在房间角落处的真锅，真锅微微点了点头。他们必须在此时了结他的性命吗……

暗号是事先早已确定好的：莫非 ××× 杀死了小姐！

在霞久被害后，只要小园间说出这句话，真锅就会立即杀死这句话里的"×××"。剧情设定是这样的：一直暗恋霞久的主厨误认为某人就是凶手，于是对其发起了攻击。

"虽然现在还无法下定论，但看起来他的确已经死了相当一段时间。"香坂仅凭目测就给出了结论。

"相当一段时间是多久？"

"这个嘛……应该是霞久小姐死亡以前……"

这个回答相当谨慎。

"有可能比山根之死更早吗？"佐藤继续问道。

这个家伙！别再刨根问底了！你就这么想死吗？！

恰在此时，小园间的袖中响起了闹铃声，他若无其事地来到走廊，表现得像是手表响了一样轻松。竟然在这种时候打来……开什么玩笑！他愤怒地把手腕上的耳机凑近耳朵。

虽然呼叫铃声模拟了闹铃的声音，但除非遇到极其特殊的情况，否则司令室是不会主动呼叫小园间的。

"佐藤那小子，你看着办，赶紧做点什么。"耳机里传来雅低沉的声音。

小园间把手凑得离耳朵更近了些，装作在挠脖子一样。

雅如是命令道："赶紧处理掉。"这是指杀了他。

"现在动手的话……"小园间压低了声音回答道。

"别露馅儿了！"雅的声音宛如惊雷。

小园间感到一阵耳鸣，下意识地把耳机拿远了些。

别说得好像这件事很简单一样！杀掉佐藤的事还要再等一等。

"怎么样，想清楚了吗？白井死在山根之前吗？"房间内，佐藤又把问题重复了一遍。

"这个问题很难回答。白井躺在被子里，温度较高，所以尸体也会腐烂得更快。"

香坂边说边用眼神朝小园间求救。

佐藤对此视而不见，而是继续问道："给出一个时间范围也行。你认为他最早可能死于何时呢？"

别再问了！求求你别再问了！如果佐藤追溯到天河被害的时间，那可就麻烦了。

"快点！"司令室里传来雅充满压迫感的声音。

小园间的耳鸣还没有完全消失。

别再问了!

"快点!"

"做决定的人,是我!"小园间朝麦克风吼道,并重重挥下紧握的拳头。

他低头凝视着指尖,意识到了事情的严重性,赶忙抬起头来,发现房间中所有人的目光都聚集在了自己身上。

了解内情的香坂和真锅面色铁青,佐藤半张着嘴。

"我刚才已经说过了!"小园间大声喊道。除此之外,他没能想出其他蒙混过关的方法。

"我无法原谅对死者的亵渎!现在老爷不在,小姐也不在了,洋馆内所有的决定都要由我来做!"说完,他对佐藤怒目而视。

事到如今,他的借口站不站得住脚已经不重要了,重要的是能不能让佐藤闭嘴。

"对不起……"佐藤换上了一副怯懦的表情。

太好了。小园间握紧拳头,偷偷庆祝着自己的胜利。

"不过……我认为验尸并不是对死者的冒犯。"佐藤左顾右盼环视众人,像是在寻求认可似的。

简直是强词夺理!

小园间祭出第二板斧:"我们这些用人就像是小姐的亲人一样,白井医生也像对待家人一样对待我们。现在你竟然让我们去验看亲人的尸体,你不觉得这很过分吗?"

怎么样?如果你人性未泯的话,就别再步步紧逼了!

"……这样啊。抱歉，我没有想到这一点。"佐藤低下了头。

三名用人同时松了口气。

紧接着，佐藤又开始做出诡异的举动。

他来回看着神和日日子的脸，问道："怎么样？"

神狐疑地问："什么怎么样？"

"推理呀！快推理啊！"

佐藤竭力鼓励着二人，几乎要冲上来摇晃他们的肩膀。

"啊，推理……我还在努力。"

"我也是哦！"

看来神和日日子没有把自己说的话当回事。佐藤皱紧眉头，叉起双臂，在房间里来回踱步。

"佐藤先生，您这是怎么了？"小园间问道。

忽然，佐藤像是灵光乍现一样，站到白井的枕旁："不好意思，虽然有可能是我想多了，但我想检查一下……"说完，他缓缓掀起被子。

"住手！"小园间急忙跑到佐藤旁边。

"不好意思。我只是想看一眼。"佐藤小心翼翼地掀开被子。

"佐藤先生！您这是要干什么！"

"他身上可能还有外伤。"

小园间又听到了刚刚几乎已经消失掉的耳鸣声。如果佐藤继续掀起被子，露出白井穿着睡衣的腹部，那条被天河刺出的伤口就会暴露在众人眼前。

"住手！这件事必须让警察来做！"

"不好意思，不好意思……"

佐藤虽然露出惶恐的表情，却完全没有停下手中的动作。

要用蛮力把他按住吗？管家这样做是否合乎逻辑呢？他能把自己强硬的坚持解释为"阻止佐藤对死者的亵渎行为"并顺利蒙混过关吗？

"佐藤先生！您这么做不太合适吧？！"

不行，如果现在不制止佐藤的话，这个家伙会把接下来的剧情也搅乱的。

小园间闭上了眼。最后他还是不得不听从了雅的指令——这让他很是恼火。

"莫非是佐藤先生……"小园间念到一半却又犹豫起来。

自己克服了如此之多的突发事件，眼看着就要让这部剧目顺利来到结局，但现在自己只要说出这句话，就会让完成度大打折扣。可是，如果再放任佐藤闹下去，那就不只是"大打折扣"了，而是会"彻底穿帮"。

小园间下定决心，明确地给出指令："莫非是佐藤先生杀死了小姐！"

真锅把手探入口袋当中，小园间无力地后退了一步。佐藤的背后空无一人，真锅猛冲到佐藤身后。

"我知道凶手是谁了！"

房间里，时间瞬间停滞。

奇岩馆里上演的杀人剧目，是否让您沉浸其中了呢？

　　剧情即将进入高潮。在刚刚的剧情中，您同时看到了连环杀人的策划者和杀人疑团的解谜者双方的视角，各位都知道谁才是本案的元凶。换句话说，这是一部倒叙的推理作品。

　　接下来，真相又会如何大白于天下呢？各位是否已经推理出了自己的答案呢？

　　破晓时分，我们将迎来意想不到的结局。未来也希望各位多多关照。新作发布后，我们会通过某种方法通知诸位。

　　闲言少叙，书归正传。

　　最后一幕即将上演。

终 幕

阻碍大团圆的麻烦制造者

奇 岩 馆 事 件

1

来到接待室后，佐藤在角落处的沙发上坐下，其他诸位也找了张沙发椅坐下。

"神先生，可以请您解释一下吗？"小园间代表众人问道。

"好。"神简短地答道，从椅子上站了起来。

原来解谜的人是神。

这的确也是意料之内的事。他是推理研究会的成员，性格颇为冷漠高傲。但凡是推理迷，想必都希望自己能扮演一次这样的角色。

"杀害他们四个人的凶手是——香坂。"神摊开手掌指向香坂。他的动作高贵得像是在聚会上介绍某位友人一样。

"我？你说我是凶手？"香坂震惊地说道，演得有些过火。

佐藤放下心来。看来，自己并没有被指认成凶手。对于香坂是凶手这一点，他没有任何异议。

"神先生，您突然说香坂是凶手，这有点说不过去吧……"小园间惊讶不已，向神寻求解释。

"我要从天河被害的诡计开始讲起。"

佐藤并没有仔细听神的讲解，他早已解开了利用人间椅子完成的密室诡计。现在更重要的是……

如何让神对自己青眼相看？

神突然宣布自己已经解开了杀人谜团，这让佐藤有些措手不及。

换句话说，在佐藤确立自己的"助手"地位以前，谜团就已经被解开了。他虽然冒着得罪小园间的风险展现了自己的能力，却没能得到神的认可与信任。虽然在自己被杀之前案件便被成功侦破，这一点也正中他的预期，但这样下去，自己恐怕也无法活着离开这里。很难相信主办方会让参与侦探游戏的外部人士活着出去，他们肯定会暗地里对自己动手的。

要想平安离开这座小岛，就必须获得"侦探"的帮助。佐藤虽然一直没能确定究竟谁才是"侦探"，但神的确是最有可能的人选，所以他才会不惜冒险也要积极为神提供线索。应该说，他对神破解案件做出了贡献。

可是，如果自己在此时直白地邀功，恐怕会当场命丧黄泉。

他和小园间目光相接，小园间瞪了他一眼。他已经能够确认，这个中年管家就是游戏的主办方人员。主办方在警告自己，闭嘴，一句话也不要说。

佐藤脊背发凉。他垂下眼帘，回忆起在白井房间中发现的种种疑团。

为什么白井会是最后一个被发现的死者呢？明明霞久才是女

主角，她的死可以说是整个案件的最高潮。白井在剧情中一直很不起眼，即使他的尸体是最后一个被发现的，也毫无戏剧效果。最重要的是，白井被害这个情节本身就是多余的。怪信的第三行是"最后彬光被拔下头颅"，这明示了，霞久之死就是连环杀人案的最后一幕。

除此之外，剧情里还有其他不对劲的地方。

白井之死让与"乱步"有关的杀人案增加到两件，而与其他两位作家有关的杀人案都只有一件，这破坏了剧情的统一性。而且，凶手杀害白井所用的诡计也只是照搬了小说中的诡计，没有半点新意。

一个疑团又会牵连出另一个疑团。

虽说白井确实不太起眼，但这也是与其他几位被害人相比得出的结论。至少与"佐藤"相比，白井的存在感还是要高得多。"佐藤"这个即使第一个被杀也顺理成章的角色活到了最后，反倒是御影堂的私人医生几乎没有在剧情中起到任何作用，后来突然被发现已经死亡。侦探游戏中应该有专门的剧作家，但这位作者的写作能力是不是有点太差了？

神开始讲解山根被杀的部分。

"香坂同样可以轻而易举地完成山根被害案中的逆密室——通过伪造死亡时间。早饭后，香坂在山根的房间里将他杀害，而后将尸体从窗户扔了出去，因为山根的房间外并不是悬崖峭壁。随后，香坂从正门玄关堂而皇之地走了出去，在沼泽中复现了《犬神家族》中的场景，接着又大摇大摆地从玄关回到了洋馆。"

"真的吗……"佐藤小声嘟囔道。

如今想来，在香坂是凶手这个所谓的"真相"中，也暗藏着不合理之处。香坂上了年纪，身材也并不魁梧，她能以一己之力把肥胖的山根尸体倒插进沼泽里吗？

所谓"曾经当过法医"的职业经历也让人发笑。如果要推定死亡时间的话，明明让白井医生来做会显得更加自然……

佐藤突然灵光一现。

莫非，原本白井才是凶手？香坂的动机十有八九与死去的女儿有关，而这个动机完全可以移植到白井身上。如果白井是凶手的话，那所有事情就都说得通了。

可是，为什么主办方会让香坂成为凶手，而不是白井呢？

莫非中途出了什么意外，让白井无法成为凶手了？如果说白井之死与这个"意外"之间存在关联的话，那么这件极不自然的第四桩杀人案也就得到了解释。

"接下来，就是模仿信件第三行内容的杀人现场。"神讲到了霞久被杀案的部分。

"凶手割下了霞久的头颅后，利用神将像的首级完成了这个密室……"

想来霞久也十分可怜。佐藤闭上了眼睛，眼前浮现出霞久同情自己的表情。

霞久一直以为她是负责骗人的一方，没想到这一次却被人给骗了。直到死亡降临的瞬间，她才被"剧透"了真相。虽说她并不是自己的朋友，但也是她告诉了自己"侦探"的存在。如果没有霞久，佐藤也不会想到要去讨神的欢心。

哪怕是为了报答她的恩情，自己也要活着回去。但这种想法算不算自私呢？

——如果那时候没有误会的话，自己也不会萌生出这样的情愫了。那个时候，霞久既没有撒谎，也没有伪装，她和自己吐露真言的契机，也是一个意外。

佐藤呼吸一滞。

白井的死。霞久的误会。

莫非，除此之外还有其他误会吗？

2

听着神的推理，小园间充满了成就感。

虽然在白井的房间中，佐藤的出格举动让小园间冷汗直流，但神及时宣布自己解开了谜团，在千钧一发之际阻止了真锅杀死佐藤。剧情已经所剩无几，接下来已经没有佐藤的戏份了，马上就要迎来大团圆结局了。

"白井被害案的真相就像我刚刚说的一样，香坂从隔壁的空房间钻进屋顶夹层，将毒药滴进了正躺在床上的白井口中。"

关于白井被杀案的解说略显简短。不过，这样也足够了。

接下来，只要把决定性证据摆到正恍惚着的香坂眼前就可以了。在杀死霞久以后，香坂根本没有时间换上其他衣服。只要让她掀开身上的斗篷，众人就会看到霞久死时飞溅出的血液。这证据简单明了，又充满冲击力。

"诡计的确分析得很好，但我为什么非要杀死小姐他们不可呢？"香坂要求神说出自己的动机。

"你是为了复仇。因为他们把你的女儿逼到自杀。"神的语气充满自信。

香坂抿了抿嘴。

神继续铿锵有力地说道："这次的连环杀人案和密室诡计都属于本格推理的范畴。恕我直言，这些都不是香坂能想出来的东西。不过，香坂的女儿纪里子小姐和我一样，都是推理研究会的成员，不仅喜爱推理，她自己也曾经创作过推理作品。从昨夜开始上演的杀人戏码，就是香坂在现实中对自己女儿作品的重现。你利用自己女儿的创意除掉了逼死她的人，以此完成了复仇计划。我说得对吗？"

"是啊，的确……"香坂开始讲述女儿自杀的始末。

她的女儿纪里子经历了恋人的出轨，并最终被恋人抛弃。后来，她与前来安慰她的男人发生了关系，可这个男人也只是乘虚而入，只想与她发展露水情缘。紧接着，纪里子被检查出已怀有身孕——这对本已万分憔悴的她而言，无异于雪上加霜。她向一位认识的医生寻求建议，对方只是冷漠地劝她堕胎。当年，纪里子就是被其他女人横刀夺爱，而这名医生则受雇于那个女人的父亲。恋人、朋友、长辈，她被自己所信任的人一个接一个地背叛，最终在绝望当中结束了自己的生命。

香坂同时失去了女儿和女儿腹中的孩子，开始心神错乱。某天，她在女儿的房间里找到了一部小说的草稿。这部小说以她曾经去过的奇岩馆为背景，描绘了那四个践踏过自己的人接连被杀的故事。登场人物使用的全部是真名，被杀的人分别是霞久、山根、天河和白井——也就是玩弄纪里子的感情、把她逼上绝路的恶人们。

小园间聚精会神地听着香坂的独白。

这样听来，虽然叙述中的确有些地方略显可疑，但只要诡计能够成立，就多少能够弥补动机里的漏洞。而且只要能让决定性证据得到众人的认可，那这次的工作也就算是大功告成了。

"我的确有动机，而且在女儿剧本的帮助下，我也能够完成这桩连环杀人案。但是，这些都是神先生的想象，您没有任何证据来指认我就是凶手。"

香坂在诱导神说出决定性证据，这会让人有种一语定胜负的畅快感。对一部对决型推理而言，这是最好的结局。

小园间用期待的眼神看向神。

"我有证据。"神推了推眼镜。

来了！

"那个……我能插一句吗……"

突然插进来一个出戏的声音，让完美的场景瞬间崩塌。

"佐……藤先生！您能不能看一看这是什么场合！"小园间忍不住喊道。

"不好意思……但我实在是有点好奇……"佐藤挠了挠头，道了个歉。

他以为自己是谁？是神探可伦坡吗？！

"我想确认一下，抛弃纪里子的前男友是山根，从纪里子身边把山根抢走的是霞久，让伤心欲绝的纪里子怀上身孕的人是天河，我说得对吗？"

"啊……对啊。"香坂不知道该做何反应。

"哦？那就很奇怪了呀！"佐藤叉起双手，直白地表示怀疑。

"奇怪……"香坂无言以对。

她似乎是回忆起了在餐厅中被他追问时的噩梦。

"虽然我这么说非常冒犯，但山根不像是能被两个女人争抢的类型啊？"

"啊？"香坂面露惊色。

"山根性情阴郁，外表也不是受女人欢迎的类型。"

"这个嘛……"香坂一时语塞。

"你这是以貌取人！以貌取人！"小园间连忙插话道，"怎么能以貌取人呢！而且我不觉得山根先生性情阴郁啊！我反而觉得他颇有深度。是吧，神先生？"

"嗯……这个嘛……确实。"神轻轻点了点头。

"你和山根深聊过？什么时候？"佐藤难以置信地问道。

"你的目的到底是什么？！"小园间真想喊出这个问题。

"比如我带他去房间的时候就聊过。"

连小园间自己都觉得这个答案颇为幼稚，他深以为耻。

他尴尬地瞪着佐藤，佐藤却抬头望向天花板："白井是因为劝纪里子堕胎而被杀的吗？"

"……是的。"神和香坂同时答道。

香坂瞬间意识到自己的失误，面色惨白——她明明还没有认罪，却认同了佐藤的说法，这十分反常。

不过，佐藤并没有抓住这一点不放，而是继续冷静地说道："如果劝人堕胎就要被杀的话，那妇产科的大夫可要遇到麻烦了。"

这个家伙……小园间的腋下汗流不止，紧接着，他的袖中响起了闹钟的声音。接待室里弥漫着紧张的氛围。

他不用戴上耳机也知道对面的人要说些什么。这次，他也不得不同意雅的意见了。

"天河和白井两个人，为什么只有与乱步有关的比拟杀人出现了两次呢？这很奇怪。神先生，你也注意到这点了吗？"佐藤将矛头指向神。

神推了推眼镜，想了想才说道："……这确实不寻常。但也可以说凶手的脑回路异于常人。"

"我不知道你在说什么。"佐藤干脆地否定了他的说法。

"什么？！"神身上精英的气质开始崩塌。

小园间插嘴道："好像……好像……香坂的女儿好像很喜欢乱步吧？"

真差劲，这个反击真是差劲。他开始脸颊发烫。

"是……是的！"香坂也边说边擦去额头上的汗珠。

已经忍无可忍了！

小园间和真锅对视了一眼。

真是的！明明只差一步了！

难道要用多余的血来玷污这完美的落幕吗？

"我知道了。"佐藤突然做出让步，紧张的氛围稍有缓解。

在场的众人谁都说不出话来。佐藤冷静地继续说道："神先生，最后一个问题。你考虑过我是凶手的可能性吗？"

佐藤死死盯着神。神低下头推了推眼镜："……当然，我考虑过所有的可能性。"

"你知道我是什么样的人吗？"

"……什么样的人？"

"关于我，你都知道些什么？"

见神无法回答，小园间全身都紧绷起来。他担心佐藤再次抛出什么重磅炸弹。

可是，佐藤却悲戚地盯着神，最后失望地闭上了嘴。

难道说……小园间极力地想挥散这个念头，但这个念头却久久无法散去。佐藤的剧变，诡异的行动——这个念头能解释所有的事情。

难道说，这个家伙已经知道"侦探"的存在了？

难道说，他已经了解侦探游戏的全部真相了？

不可能，绝对不可能！他怎么可能会知道呢！

"啊……"小园间忍不住惊叫出声。

他记起了在司令室里看到的那一幕。他看到了那个瞬间，他虽然看到了，却全没放在心上，一笑而过。

理由、契机、内容……这些小园间都不知道，他只知道，佐藤从霞久那里听到了侦探游戏的幕后故事。

"神先生!"小园间喊道,"您有证据证明香坂是凶手吗?"

他强行推进着剧情。让"侦探"站在自己这边,从而寻求活下去的机会——佐藤如果是这样打算的,就绝不会让剧情穿帮。所以,他才会一直给出提示,却又在说到真相之前及时刹车。可是,佐藤已经被逼到了绝境。他知道幕后之事,现在已经完全陷入绝望当中。他已经发现了——"幕后的幕后"故事,再拖延下去,随时会采取下一步行动,而下一步行动的风险是无法估量的。

"我有证据。"神再次推了推眼镜。

小园间的眼神几乎钉在垂着头的佐藤身上。不要动,什么都不要做。

"霞久因被割断了脖子而死,她一定出了很多血。"说完,神指向香坂,"你没有时间去换衣服吧?那么,它现在应该还留在你身上!就在斗篷的下面!霞久身上溅出的大量鲜血!"

香坂掀开了斗篷,露出底下被鲜血染红的衣服。

决定性证据出现了!游戏结束了!

怎么样!快看啊!小园间的内心咆哮道。

就在此时,一个影子从他眼前闪过。

是佐藤。

他穿过椅子和人群,跑向窗边。

"佐藤先生!"

谁也没能拦住他。

佐藤撞破窗户，消失在了断崖之下。

3

漆黑的海面宛如冥界一般。

佐藤把脸探出海面，深深地呼吸着。

奇岩馆与他的头顶之间还有很远的距离，洋馆的灯光无法照到悬崖之下。

万幸，他没有撞到岩壁上，而是成功落入水中。不过，他入水时右腿被海面重重拍打了一下，此刻已经失去了知觉，他随时都有可能被大海吞没。这次冒险太过鲁莽，但他除了跳海之外已别无选择，因为……

那群人当中根本就没有"侦探"。从一开始，就没有任何生还的方法。

自从霞久告诉他"侦探"的存在后，他就一直感到有些不对劲。最有可能担任"侦探"的人是神和日日子，但他们二人却一直做着"侦探"不应该做的事。所以直到最后，佐藤都无法确认"侦探"的真实身份，他甚至还考虑过安乐椅神探的可能性。

然而故事的结局却是，神破解了这桩"案件"。佐藤慌了神，赶紧开始对神献媚讨好。可是，他越是试图深度参与破案，就越有一种不祥的预感。

这一定是杞人忧天——佐藤一边祈祷着，一边质问神。

——你考虑过我是凶手的可能性吗？

——你知道我是什么样的人吗？

面对这两个问题，神都含糊其辞。

这是意料之中的事。毕竟在此之前，神甚至没有问过佐藤任何一个问题，日日子也没有问过，他们从一开始就没有把佐藤纳入考虑范围。如果他们是"侦探"的话，那他们的态度也太不正常了。"侦探"支付了巨额费用来参加推理游戏，不可能对登场人物不闻不问。然而，最后解开连环杀人案之谜的人却还是神。

佐藤的预感变成了确信。解谜的人并不是"侦探"，换句话说，根本就不存在什么"侦探"。

海浪拍打着佐藤的脸，他呛了水，咳嗽起来。死在这里应该会很痛苦吧？想到这儿，他忍不住流下泪来。

他输了……

他无比后悔自己采取的每一步行动。

如果他没有去寻找德永的话，如果他没有接触黑市工作的话，如果他没有来到这座岛上的话。

他知道了部分真相，奋起反抗自己作为棋子的命运，结果却是徒劳地寻找一个根本不存在的"侦探"，最后在无知中死去。他还可怜过被人欺骗的霞久，如今想来真是汗颜。自己明明也同样愚蠢。

霞久的笑容在他脑中闪过。

为什么？

是爱情？是怜悯？还是恨意？

都不对，是记忆。

登上这座岛之初，他就感觉到哪里不对劲……

他正极力回忆着，突然一个大浪将他的身体吞没。他想要挣扎，却发现自己的手臂已经动弹不得。在一片漆黑中，他早已迷失了方向，身体不断向下沉去。

——您以前好像也来过这里吧？

——我和治定先生是通过魔术认识的朋友。

他陆续想起霞久和某人的声音片段。

这是什么时候的对话？对方是谁？

——哦？真厉害啊！

这是一个爽朗的男声。

对了！想起来了！

神在接待室里进行推理时，佐藤曾有一瞬间触碰到了真相。虽然那时他让真相从指缝间溜走了，但现在他终于还是重新想了起来。

他的身体无法动弹，大脑却高速运转起来。

白井之死让主办方大乱阵脚，这一点，从漏洞百出的剧本中也可见一斑。然而，在与白井毫无关系之处，剧本情节也存在很多漏洞，这也就意味着……

除了白井之死外，游戏中还发生了其他严重的意外？

佐藤的意识离开了不断下沉的身体，从上空俯视着整座奇岩馆。"侦探"并不是从一开始就不存在的，而是出于某种意外而中途消失的。佐藤的记忆跳转到二层的谈话室里。刚一进入奇岩馆，他就觉察到霞久和天河的对话中有一些奇怪之处。天河说自己和御影堂治定是通过魔术认识的好友，已经不止一次来过奇岩馆。可是，他看到谈话室里的神将像时做出的反应，却像是第一次看到这尊雕像一样。

天河的背景信息和他的行动之间存在出入。

即便他的本性就是容易得意忘形，也很难相信主办方会容忍临时工如此行事。然而，天河还是直到死前都极为高调。

佐藤的意识又跳转到昨晚自己的房间里。他正在沙发上打瞌睡时，天河过来了。

——您已经睡了吗？机会难得，咱们能聊聊吗？

佐藤没有理会天河，之后没过多久天河就被杀了。如果佐藤让他进屋，他是不是就能得救了呢——问题的核心根本不在此处。

问题的重点在于，天河是唯一一个想和佐藤交流的人物。

所有的记忆都汇聚到了同一个假设上。

没错，第一个被杀的天河怜太才是"侦探"！

事到如今，已经不可能再去收集证据了，这个问题本身也已经失去了意义。但是，如果剧本是中途才把"侦探"天河设定成死者的话，那么剧情的混乱就能说得通了。

喜欢谈论有关自己的事情，话多，烦人。天河的言行举止非常符合"侦探"好奇心旺盛、爱出风头的形象。如今想来，天河第一次开口时就说个不停，很是烦人。

——我姓天河，叫天河怜太。遗憾的是，这个'河'字需要浊读。

简直是毫无意义的自我介绍。

姓氏的读音不是"Tenkawa",而是"Tengawa"。虽然这的确是"天河"两个字的罕见读法，但天河的刻意提醒只会让别人不知道该做何反应。

忽然，佐藤的脸接触到了空气，他的身体似乎已经漂浮到了海面上。他像野兽一样大口吸气，让空气充满整个肺部，氧气进入了他的大脑。

他想起了一个单词。相同字母异序词——通过改变字母的顺序，形成其他单词的文字游戏。不不不，这怎么可能……

他半信半疑地来回调换着天河怜太的姓名读音"Tengawa Reita"中几个字母的顺序。

Teganwareita，Gantewareita，Watengataire……

Ware Ga Tantei！
我是侦探！

佐藤顿时茅塞顿开。

开什么玩笑！

天河从一开始就公开了身份！

而自己的名字却只是一个毫无特色的"佐藤"！

佐藤虽然万分愤怒，但一旦锁定了"侦探"人选，那这个毫无特色的"佐藤"却没有被杀的谜团也就迎刃而解了。

因为，天河代替自己被杀了。

按照原本的计划，佐藤才是第一个死者。所以主办方才没有透露给他任何信息，只要求他保持沉默，因为他马上就会死去。即使告诉他详细信息，他也没有机会能让这些信息派上用场。再说，比起他这个无足轻重的龙套角色，防止信息泄露才是主办方的关注重点。

在面试时，面试官也只问了他是否了解推理，是否有亲人朋友。结合登岛游轮上其他乘客的身份来看，"佐藤"原本的身份设定应该是推理研究会的成员。

但如此一来，与霞久和纪里子相关的人际关系就变得奇怪起来。

原本的设定应该是，推理研究会内错综复杂的爱恨关系引发了这场连环杀人案，仅此而已。

和霞久暧昧并最终抛弃了纪里子的人应该是佐藤。纪里子失意难过时，导致她怀孕的人则应该是山根。山根平时性情阴郁，却在纪里子伤心时乘虚而入，这样一来，就会格外凸显出山根的卑劣和怯懦。然而，死者的突然改变，让主办方不得不把山根的角色设定改为万人迷帅哥。

而对佐藤的处置则一直悬而未决。他并不是主办方的人，所以主办方也无法向他详细说明临时更改设定的原因。无奈之下，主办方随便给他安排了一个"旅行者"的角色，让他在整个侦探游戏中都扮演这个龙套角色。

霞久会把佐藤误认成"侦探"也是出于这个原因。霞久扮演的也是即将丧命的角色，因此主办方没有告诉她剧情已经发生了改变。原本霞久尖叫过后，跑到她身边的人应该是天河，但主办方既已决意杀死天河，那么应该也调换了他的房间，"天河的房间"比"佐藤的房间"更加靠里，接待室的惨叫声很难传到天河耳中。"侦探"理应住在佐藤的房间才对。

剧情的混乱得到了解释，然而，还有一个巨大的疑团没有解开。为什么"侦探"天河会被人杀死呢？

佐藤的人物设定从登岛时就已经改变，那么天河被杀就绝不是意外事故或操作失误。

主办方为什么会故意杀死客户？可能的原因只有一个，那就是有其他客户命令他们这样做。那么，这个"其他客户"现在还在洋馆中吗？

佐藤想到了一个人。

神和日日子应该是主办方的人，神代替天河扮演了"侦探"的角色，而日日子则负责提示线索。除此之外，还有一个人——一个没有发挥过任何作用的人。

另外还有一个未解之谜。对佐藤而言，这个谜团显得更为重要。

为什么在"侦探"死后，小园间他们还要拼死完成全部剧情呢？

海水涌进佐藤口中。

他已经触及了一直隐藏在迷雾中的真正谜团，然而，他却已经没有余力推理出这个问题的答案了。睡意忽然涌来，这不是时差带来的困倦。

会有人来找我吗……

佐藤无声地向海底沉去。

4

小园间沿着走廊一路狂奔。

像这样严重的意外事件，哪怕只出现一件都有可能导致剧情穿帮，这次却接连发生了两件。除此之外，还发生了食材订购错误和排水故障等零零碎碎的意外情况。但尽管如此，他们还是磕磕绊绊地来到了大结局。

他进入管家室，打开隐形门。

现在，已经没有必要再隐藏它的存在了。于是小园间把这扇门设置成常开模式。

进入司令室后，磐崎朝他点了点头，似乎在说："您辛苦了。"

卡尔无视了小园间的出现，继续埋头于其他稿件的创作中。

"辛苦了。"

小园间笑了笑，站在雅面前。

他等待着雅说些什么来慰劳他的辛勤工作，现在他有这个权利。

"最后那场戏是什么情况？"雅冷冷地问道。

"您是说佐藤吗？"

"他为什么会突然自杀？我无法理解。"

小园间把佐藤的反常行为强行解释为无法接受霞久之死而选

择自杀。

"虽然他的行为偏离了主线剧情，但也能解释成复仇引发了新的悲剧。"他努力辩驳道。

他自认为这次处理得当，其他人也大多给了他好评。

"怎么能这样解释？这会被人批评是穿帮吧！算了，反正已经结束了，也没办法补救了。"

没办法补救？他能想到的最好的善后方法，竟然被雅形容成"没办法补救"？！

房门被人打开，真锅和香坂也走了回来。真锅还拿着一瓶红酒。

"客户那里怎么样了？"看到真锅手中的红酒，雅换了个话题。

"我马上就过去。"

小园间刚要转身，雅又命令道："你得让他们答应支付附加费用。"

"啊？"小园间忍不住露出不可置信的神色。费用谈判应该是雅的工作，她使唤现场的人也要有个限度吧！

"他们给我们添了这么多麻烦，当然得让他们加钱。"

"费用的事情不是已经谈妥了吗？"

"加的钱还不够。我们不是接二连三地遇到各种意外了吗？！"

"跟我说也没用，我也无能为力。"

这次之所以会临时修改剧本，就是因为雅唯唯诺诺地接受了客户的要求。

"无论是杀还是不杀，我们这次都会损失一位老客户，所以我们能做的只有让对方多付钱。而且我们的销售额本来也在下跌。"

"我服从您的决定。可是，价格谈判并不该由现场的人员负责。"

"这也是谈判的一部分。由一直待在现场的你去谈判会更有说服力，不是吗？而且你也想让香坂拿到奖金吧？"

小园间感觉到自己的太阳穴开始突突跳动。他看向香坂，香坂也用不安的眼神看向他。

"去吧。"雅慵懒地站起身来。谈话已经结束了——她暗示道。

胃痛再度来袭。小园间强忍着疼痛，挡在雅面前。

"支付奖金是我们已经说好的事情，这和游戏费用的谈判无关。"

"咱们是在做生意。如果你想增加报酬的话，就要多贡献利润。"

"你是在给香坂开空头支票吗？"

"别把责任推在我身上。当时我如果不同意的话，那她怎么可能会行动呢！"

雅用下巴点了点几乎比她大两轮的香坂。

"如果你已经明白我的意思了，就赶紧去谈判……"

"请不要再把我们当成道具来对待了！"小园间压抑至今的情感全都化作一阵怒吼，从他身体的深处喷薄而出。

雅的气势被压制住了，但她马上就借助"上司"身份的力量反击道："你在跟谁说话呢！"

"这里的所有人都完成了自己的工作，只有你还没有完成。不如你去做做自己的工作呢？这里不需要没有工作能力的人，无论这个人是谁。"

"你既然话说到这个份儿上，想必已经做好被开除的思想准备了吧？如果你离开公司的话……"

"我并不想冒着生命危险，我会申请调到其他分公司去，毕竟现在各地的演出现场都缺人干活。"

"一直待在排名垫底的分公司的人，竟然会说出如此不自量力的话来！你别忘了，是谁把这里重新振兴起来的？"

雅一一看向香坂、真锅和磐崎等人，所有人都避开了她的目光。

"你们这些员工只知道顶撞领导，真是一群累赘。真不知道哪里的分公司能收留你们？"雅面容扭曲。

只是时间的问题——早在剧本完成前，他就知道自己早晚会和这位上司闹掰，只不过，这个"早晚"恰好是今天。

可是，调动工作的事或许还遥遥无期。

降职、冷藏、减薪。

小园间一想到未来悲惨的工作环境，便感到无比绝望。

"我也要申请调职。"小园间的耳畔划过一阵颤抖的声音。

小园间无法理解发生了什么，迟疑了一会儿才回过头去。真锅正紧紧地握着红酒瓶。

"我也要申请。"一旁的香坂举起手来。

磐崎从操作台的椅子上站了起来："技术部也有一个人要申请调职。"

小园间鼻子发酸。虽然胃痛难忍，但他还是强忍着和雅对峙："您已经以削减经费为理由，把替补的工作人员都送到其他分公司去了。您认为离了我们，您所谓的振兴计划还能成功吗？"

"……你什么都不了解！"雅挑了挑眉，"你不了解这里的经营情况，所以才能说出这么轻松的话来！"

"轻松？是谁把说服香坂的工作强行推给我的？自己只是口头上答应付钱，开空头支票。这就是您做的工作吗？"

雅的脸已经扭曲变形。

小园间不认为她能理解自己，他甚至连一丝期待都没有。

但是，他已经忍无可忍，不吐不快了："你不光没用，你还两次使用了呼叫铃！明明只有在紧急状况下才能使用无线设备进行呼叫！"

"……那时候就是紧急状况啊！"

"在游戏现场的人都很了解真实情况。那时候根本就不算紧急！"

"因为你们没有赶快解决佐藤那小子啊！你们做决定太慢了！这个问题可是相当严重！"

"以后你也打算做同样的事吗？如果被人知道了无线设备的存在，你打算怎么办？"

雅想要反驳，却又无可反驳。就是她自己一再失误，才导致剧情出现破绽。

"真是本末倒置。"雅叉起手来，抬起下巴，藐视着小园间，"你总是劳烦我出手，还能有这么多怨言？我知道了。看来光是削减经费还不够，我还得多培训培训现场的工作人员。"

"三年就可以了。"小园间用安抚的语气说道。

"啊？"

"等你在游戏现场历练三年，再说这话吧。"

雅怒发冲冠："你给我记住……"她说了一半便粗暴地推开椅子，离开了房间。

"……那么接下来……"小园间转换完心情后说道。

他拍了拍真锅的肩膀，后者看起来颇为不安。然后，他感激地看了看香坂和磐崎，二人一阵苦笑。

"卡尔老师，我们刚刚太吵了，抱歉啊。"他对卡尔说道。

卡尔还在盯着那台笔记本电脑："真是的。我都被关到这种偏远的地方了，至少也得让我能集中精力创作吧？"

只有这位作家没法与他共情。

小园间讪讪地低下了头："对不起。"

"真是的，你们是怎么做到对这样一份工作充满热情的？"

可没有任何一个人回应卡尔的讽刺。此刻，一股虚无感笼罩了整个房间，这种感觉与针对雅时的愤怒截然不同。

忽然，真锅看向内侧房门："这样真的没问题吗？"

他似乎已经后悔自己对雅说了过分的话。

"她应该只是受到了刺激。不过，那个人还有工作要做，现在必须让她集中精力把那件工作做好。"

说完，小园间从真锅手里接过红酒瓶："我也有最后的工作要完成。"

奇岩馆内人影全无，变得无比寂静。

小园间拿着高级红酒走上二层。

他不打算遵照雅的指令前去谈判，他只想把自己的工作做好。

他敲了敲客房的房门，一个沙哑的声音让他进去。

房间内浴缸、马桶、厨房等设施一应俱全，客厅虽然略显狭小，却也陈列着高级酒品。其中几瓶的软木栓已经被拔了出来。

"已经全部结束了。"小园间深深鞠了一躬。

坐在沙发上的客户只回答了一句："是吗？"

在房间里，他既没有戴墨镜，也没有戴口罩。

自从以船长的身份进入奇岩馆以来，他就一直在这间房间里等待着。

"您在这里过得好吗？"

"很好。谢谢！"

主办方当然在后台为客户准备了更加豪华的房间，但这位客人说与儿子待在同一空间是自己的义务。所以主办方在洋馆二层为这位客人准备了一间尽可能豪华的房间。

"我给您带来了一瓶红酒。"

"谢谢。一起喝吧？"

"这是我的荣幸。"

小园间从餐具柜里取出了两个红酒杯,倒上了酒。

他和客户干了杯,将酒倒入口中,口感浓郁。这醇厚浓郁又层次复杂的味道,是对他这几个月来辛勤奋斗的回报。

"味道真好。"客户喃喃道,"感谢你们完成了我这个过分的要求。"

"您这样说让我们不胜惶恐。"

小园间边鞠躬边想,这个人现在究竟在想些什么呢?

这位父亲吩咐他们杀死了自己的儿子——后者本应成为他的继承人。他的侧脸看起来沉静而又落寞。

"我是第一次来这里,建得真壮观。是按我儿子的要求建的吗?"

"是的,我们尽可能实现了令郎的要求。"

这位客户的儿子是侦探游戏的老客户了。在奇岩馆上演的杀人戏码,正是按照此人的要求来撰写剧本、搭建场景的。像往常一样,费用还是由这位父亲来承担。儿子本人则化名天河怜太,意气风发地来到奇岩馆。他本应作为"侦探"解开密室之谜,但剧情却发生了变化,他本人成了被害者。

"我虽然不太了解推理,但我知道自己的临时要求一定给你们带来了不少麻烦。"

确实是很多麻烦。当然,小园间不可能这样回答。

不过,这位客户的要求的确相当过分——在侦探游戏开场前夜突然发来消息,要求杀掉自己的儿子。于是小园间他们赶忙修改剧本，又对一部分场景和道具进行了调整。后来又发生了出人意料的白井之死事件，他们甚至一度做好了中止游戏的心理准备。这笔生意已经调用了巨额钱款，一旦失败，那工作人员丢掉的不仅是工作，还有可能是性命。

见小园间沉默不语，客户举起了手中的红酒："那家伙也无法理解这红酒的价值。正因为无法理解它的价值，才会试图用金钱来加以衡量。他对于所有东西都是这个态度，浪费的东西越来越多也在意料之中。"

这是借口，还是悔恨？客户正在吐露难以对人言说的心声。小园间意识到这一点，只侧耳倾听着对方接下来要说的话。

"虽然万分惭愧，但我意识到我已经无法阻止他了。如果他只是糟蹋东西的话，那我还可以睁一只眼闭一只眼，但他开始四处向别人暗示，自己来这里参加游戏。不过请放心，他还没有谈到过游戏的具体内容，可这也只是时间的问题。除此以外，他造成的麻烦数不胜数……"

客户看向小园间的眼睛。

"你有孩子吗？"

"没有。"

"……是吗……"客户悲戚地说完，喝了口红酒，"也许作为父亲，我本该不计一切代价地站在孩子的身边，但我做不到。光是想到我的儿子会让公司和集团走向覆灭，我就汗毛倒立……"

于是，他决定除掉这个隐患。如果想让警察追查不到任何线索，最好的方法就是让儿子自愿单独进入侦探游戏。奇岩馆是父子二人第一次共同前往的目的地。儿子虽然时常感到束手束脚，但同时也兴奋、雀跃不已。

"那个年轻人怎么样了？"客户盯着电视问道。

电视上正播放着接待室的监控画面，被佐藤撞碎的窗户格外显眼。

虽然这件事刚刚发生，但小园间却感觉仿佛过了很久一样。

"佐藤"本应是第一个死者，但由于剧情的变动，他被杀的戏份被整段删除了。自那一刻起，"佐藤"就成了一个龙套角色。但剧本中的登场人物本就数量有限，即使是龙套角色也承担了烟雾弹的作用，是剧本中不可或缺的存在，他们不能直接删去这个角色。不过，演员是谁倒是无足轻重。本来他们应该让临时工回去，找个工作人员来顶替这个角色。但由于雅削减了用人成本，现场的人手非常不足，最后只好让临时工扮演"佐藤"登场了。而这样做的后果，监控画面上已经显示得一清二楚。

"他的结局已经确定了吗？"

"还没有。"小园间诚实地答道。

"他还活着吗？"客户的目光十分温柔。

他应该在这里看到了事情的全貌吧？

小园间平静地答道："从那么高的地方摔下去，毫无生还的可能。"

5

佐藤剧烈地咳嗽着，仿佛身体都要从内部撕裂。

咳嗽稍缓后，他的手臂和膝盖又痛了起来。他的视野被黑暗包裹。他似乎趴在什么坚硬的东西上面，伸手摸了摸，似乎周围是一片岩石。

自己是被海浪冲上岸了吗？漂到了附近的岛上？那么自己就有可能得救了。

佐藤抓住岩石，朝头顶望去，上面是被月光照亮的绝壁。他对绝壁的形状有印象——是奇岩馆背后的岩山。

于是，失望之情化作一声叹息。他并没有被海浪冲到其他地方去，甚至只失去了几秒的意识。

他无力地坐在岩石上。紧接着，他用余光瞥见有什么东西正在晃动。一片黑暗中，几点橙色光亮正在大幅摇摆。

他凝神望去。光束的形状并不规则，它在不停地来回摆动，而且形状也在不断变化。反光……是海面上的反光。橙色，暖色，并不是月光。

佐藤深一脚浅一脚地穿过岩石，朝光亮的方向走去。

突然，岩壁背后漏透出一抹光亮。这光相当微弱，但还是刺痛了已经习惯黑暗的佐藤的双眼。他转过头去再次望向那边，映入眼帘的是人工照明设备。

眼前的景象让佐藤惊讶不已。岩壁的下半部分凹进去一块，不知道是不是因海浪常年冲刷而形成的。几艘游轮停在缺口处，就像是遮阳棚一样。这些游艇比佐藤上岛时乘坐的那艘要豪华得多。它们被周围的照明设施照亮，在闪闪发光。

从岩山的形状来看，这里应该位于奇岩馆的正后方。

这些人是主办方的人吗？游轮上有人影闪动，他们正在肆意地饮酒狂欢。

他有可能夺船逃跑吗？可他根本就不会开船。但除此之外，他也无处可回了。

佐藤走近游轮。凹进去的岩壁应该是人工修葺而成，形成了防波堤的形状。佐藤一边小心翼翼避免被人发现，一边寻找着无人的船只，但每条船上都有人在活动。虽然他们毫无防备，但自己也不可能夺船逃跑。

正在思考接下来的计划时，佐藤的视线停留在几米外的岩壁上。那是一处仅容两人通过的洞窟，虽然深不见底，但一路上都有明亮的光线照耀着。佐藤决定进入那处洞窟。

这个洞窟被突出的岩石包裹，让人喘不过气来。但往前走了约莫二十米后，这里的通道忽然变为钢筋水泥的结构，地面上甚至还铺设了红毯。再往前是一段平缓的上坡路，通道两侧的墙壁上挂满了照片。

展板上是被放大到海报大小的黑白照片。虽然不知道这些照片是何时拍摄的，但从质感来看，应该年代相当久远。

第一张照片上，是一具异国男性的尸体，额头上还插着斧头。旁边的照片上，则是三名女性的尸体，她们被吊死在树上。

两侧的墙壁上装饰着无数的照片。有坐在轮椅上被烧死的女性，有叼着玩具枪、后脑破裂而死的老人，还有眼睛、嘴部都被打开花的尸体。

在中途某处，照片由黑白换作了彩色。

有被分尸后、尸体被装饰在日晷盘面上的男女，有借鉴了戈雅黑色绘画[1]而摆弄出的十四具尸体，还有骑在牛上的无头男尸，疑似日本人的尸体也随处可见。

每张照片都像是从电影中截取出来的情节一样——如果几天前的佐藤看到这些照片，一定会这样想。可是，现在的他不会这么想了。

这些都是侦探游戏的现场记录。

这桩黑社会生意早在佐藤出生前很多年就已经开始。而现场拍摄的照片则挂在这里用作装饰。这种感觉相当诡异，佐藤总觉得自己在什么地方见过类似的情景。

他停住了脚步。

一个男性站在一处像塔一样的建筑跟前，他的头顶有一个巨大的发光体。和其他照片不同，这张照片没有给人阴暗悲惨的感觉。可是，佐藤的呼吸却变得急促起来。

那个发光体是一块反射了塔上灯光的巨大冰块，而且冰块正朝着男人所在的方向落下。之后的惨剧不难想象。

---

[1] 戈雅黑色绘画：西班牙画家戈雅晚年在"聋人屋"墙壁上留下的14幅壁画作品。这组绘画得名于其阴郁的主题和黑色的大量运用，揭示了人性中暗黑的一面。——译者注

"这些畜生!"佐藤摘下这张照片,狠狠扔在地上。

愤怒让他丧失理智。站在那块正在下落的巨大冰块下面的人,正是德永。佐藤的怒火无处发泄,只好发泄在照片上。

他把眼前的照片一张张打落在地,突然想到了什么。眼前这些记录了壮观而诡异的杀人现场的照片,供人边走边欣赏照片的通道,让游人随时都能驻足欣赏,而不至于因排队而感到厌烦的运营设计——这简直就像是个主题乐园!

"喂!"

一阵怒吼声传来。紧接着,是几个人朝这边跑来的脚步声。

佐藤恢复了理智,船上的男人们朝这边赶来,佐藤往通道深处跑去。

不一会儿,他便跑到了一扇不仅与岩山,甚至与整座奇岩馆都格格不入的自动门前。他没等自动门完全打开就飞奔进去。

门内是截然不同的世界。

里面摆放着巨大的显示屏,就像户外演出现场会用到的设备一样。一个个画面分别播放着奇岩馆客房、餐厅、接待室等处的影像。忽然,霞久房间的画面被放大,香坂正背对着霞久的尸体,把雕像的首级夹在门缝中。佐藤瞬间意识到,这是霞久被害后的视频影像。

他沿着墙壁往前走去,四处观望着。这一层的装潢颇具现代风格,与奇岩馆截然相反。里面像聚会厅一样摆放着很多桌子,人们端着菜肴或美酒相谈甚欢。不过,所有人都戴着面具,看不清面孔。

"我们还提供酒水单。如有需要请联系工作人员取用。"

一个穿着华丽和服的女人站在显示屏前，大声宣布道。她的领口开得很低，长发自然垂落下来。

"各位推理迷，剧中的登场角色即将来到会场，大家可以与他们随意交谈。毕竟听听解谜过程也是一种乐趣。"

原来如此……佐藤全明白了。

所有的一切都在供人观赏。

侦探游戏的客户不仅有"侦探"，还包括被请到这里来的"观众"。正因如此，在"侦探"死后，杀人戏码还会继续上演。从显示屏上播放的杀人现场画面来看，这些人观看的应该是倒叙推理的剧情。

"这真像是凶杀纪实电影啊……"佐藤露出一个阴郁的惨笑。

"是那个人吧！"追兵在自动门前指了指佐藤。

他一旦被抓就会消失得无影无踪，不会留下半点记录。

他的意志消沉起来。他已经无处可逃了。虽对死亡感到厌恶，但在此之前他也并没有好好珍惜过自己的生命。他一直自认为是一枚棋子，那么被用完就扔也是棋子的宿命。

可是，佐藤还是跑了起来。他用自己仅剩的反抗精神驱动着双腿，往"观众"面前跑去……

他的侧腹部遭到重击，整个身体被人抱住。一个男人正死死抱着他。

是谁？明明追兵还在后面。佐藤挥拳打向那个死死抱住自己的男人的脸，是小园间。

"你这个家伙！"小园间的脸被佐藤重重地打了一拳，低声咆哮道。

"我不是说过了……不要做多余的事情吗！"

小园间把佐藤压在墙上。佐藤疲惫至极，已经没有力气再抵抗了。其他男人也追了过来，从左右两侧将佐藤夹在当中。他已经完全动弹不得。

"把他带回司令室！"小园间平复了一下呼吸，命令道。

佐藤就这样被追兵们拖走了。

等待他的，只有死亡。

不过，佐藤并没有多么绝望，这一点连他自己都感到吃惊。毋宁说，他现在非常兴奋。这里有壮观的、与日常生活截然不同的场面，还有极具挑战性的谜团。虽然来到这里之后他一直被不安和恐惧折磨，但与此同时他也感到无比刺激。终于，他凭借一己之力接触到了奇岩馆的终极秘密。

虽然他现在被狼狈地束缚着，但那种兴奋感仍旧没有消失。

连他自己都觉得，自己已经疯了。

佐藤笑着看向"观众"。

活下去——这已经变作了一场游戏。他一边极限求生，一边却已经看淡了生死。反倒是思考接下来的行动更有意义。

"各位推理迷！"佐藤用唯一能够动弹的嘴大喊道。

"这个家伙！"

小园间把手伸向了他的喉咙。

佐藤在被掐住脖子前喊道:"各位,你们都被骗了!因为……"

6

小园间伫立在原地,紧紧盯着佐藤。

佐藤被捆绑在椅子上,一动不动。

小园间保持这个姿势已经有五分钟了,他虽然怒不可遏,但冲动行事的后果还是难以想象。

在冲向剧院层的时候,他只想尽快了结佐藤,但佐藤朝"观众"喊出的那些话让他不得不冷静下来思考对策。如果就这样杀死佐藤,那很有可能招致观众的投诉。虽然大多数观众可能不会把这个小插曲放在心上,但也有些人无法对佐藤说的"你们被骗了"的话语充耳不闻。这些贵客都支付了数千万日元的费用,即使投诉的人不多,也很难无视。

佐藤也在等着自己先开口说话。一片死寂中,只有敲击键盘的声音回荡在这片空间里。把临时工带到司令室——这种情况实属罕见。但卡尔全然没有放在心上,仍是一副事不关己的样子。

一男一女从工作人员休息室里走了出来。

"哥们儿辛苦!刚冲了个澡,没什么影响吧?"

这人实在是行事轻浮,难道还看不出现在是个什么情况吗?

"没有影响。不过直到聚会结束,你都要一直扮演'神'这个角色。毕竟今天你是主角。"小园间背对着对方答道。

"没问题！瞧好吧！a, e, i, u, e, o, a, o……"

神做了一组发声练习后，就从里侧房门走了出去。

让这么轻浮的男人来扮演推理研究会的青年才俊，这着实令人不安。这个男人原本只是众多负责提示线索的角色中的一个，主办方只给他分配了极其有限的几句台词。可随着"侦探"被杀，他突然被提拔成了主角。他本人虽然充满干劲儿，但其他人却很难相信他的能力。不过，应该说他最后还是顺利完成了任务，这一点必须予以肯定。

这时，又响起了一个泼辣女人低沉的声音："这个家伙怎么在这儿？"

"紧急避险。"小园间依然没有转身，背对着这个没好气的女人答道。

"这可和我们没关系！"

"赶紧去接待客人吧！"

"我又不是女服务员！真是的！"

说完，女人便走出了房间。

"这是蒲生……日日子？跟她的角色设定完全不一样啊……"佐藤哑然。

"你很惊讶吗？"小园间问道。

佐藤收起了刚刚的表情。

"你看起来没有那么惊讶。你已经知道了吧？"

"……你是说侦探游戏吗？"佐藤干脆地答道。

"你是从哪里知道的？"

"……"

"你不说话也不会改变结局的。"

"是吗……我是上岛之前知道的还是上岛之后知道的，这一点对你们来说有很大区别吧？"

"你是上岛之后知道的。"

"你怎么知道？"

"从你的表现看出来的。某个时刻之后，你完全像是变了个人似的。大概你就是在那时知道的？"

"仅从我的表现推理出来的？"

"不是推理，是经验。我已经累积了无数场次的经验。你再怎么装傻，也只是浪费时间而已。"

"反正我最不缺的就是时间。"佐藤换上了另一种态度。

麻烦了，再这样下去局面就要僵持住了。

小园间不动声色地按住腹部。从刚才开始，他的肚子就感到阵阵剧痛。

"你说实话的话，说不定还能保住性命。"他极力抑制住面部表情，避免被人察觉到自己的胃痛。

"你的意思是，让我相信一个杀人集团吗？"佐藤不为所动。

小园间激起佐藤依赖心理的计划失败了。他恐怕也很难像之前一样靠威胁、恫吓压制住对方。

"你说客人们被骗了，这是什么意思？"

"你们是黑社会吗？"

"不。"

"是个公司？"

"……算是吧。顺便说一句，我虽然愿意回答你的问题，但我回答得越多，你活命的可能性就越小。"

"我认为这不是问题的重点。"

"……"

"接下来，让我说说我的推理吧。"佐藤笑了笑，"……我竟然也有一天能说出这样的台词！"

他抬头望向虚空："若不是干了侦探这一行，一辈子能碰上几回像这样戏剧性的时刻呢？"

"是明智小五郎①的台词？"

"哦？你知道？真厉害啊！"

"毕竟这是我的工作。"

佐藤笑了笑，清了清嗓子说道："你们公司从'侦探'和'观众'双方处收钱。'侦探'享受破解真实杀人案件的乐趣，'观众'则观赏这出真人秀表演。我猜，'观众'还会打赌'侦探'是否能解开谜团？"

"你的直觉很准。"

"这不是直觉，而是推理。不过，这一次你们却突然把剧本改成了杀死'侦探'。"

"……你连这个都知道了？"

"我都说了，这是推理。虽然我不知道你们为什么会这样做，

① 出自江户川乱步《黑蜥蜴》一书。——译者注

但你们的确杀死了客户扮演的'侦探'。"

"你说的'侦探'是谁?"

"天河。"佐藤不假思索地答道。

他已经触及了奇岩馆杀人案背后的真相了吗?他是怎么做到的?

小园间虽然对这一点感到非常好奇,但他必须先弄清楚针对客人的阴谋。

"当然,天河也没料到自己会死。这是一次突然袭击。"

"你的意思是,欺骗'侦探'是对'观众'的背叛?"

"我不是这个意思。我并不知道你们杀死'侦探'的原因,所以我不想讨论这一点。这最多是你们对'观众'不够坦诚,还算不上欺骗。"佐藤兴奋地说道,他似乎乐在其中。

"你们决定杀死'侦探'的时间点,是在我们登岛前不久。"

"你为什么如此肯定?"

"我之后会展开解释这一点的。这和主线也有关系。"

"主线?"

"让我们从'观众'的话题开始说起。'观众'之所以会来这里,是为了观看'侦探'和'凶手'正面对决的真人秀的。可是'侦探'却被人杀害了。接替'侦探'一角的则是工作人员神,日日子则负责提示线索。他们二人都是主办方的运营人员,因此,一早就知道剧情走向。这算是节目造假了吧?"

佐藤的语速越来越快。

"尽管如此,'观众'已经支付了巨额费用,你们无法在游戏开始前夕为所有'观众'退款，这会给你们带来金钱和信用的双重损失。而且，万一被世人知道你们在赌局中造假，那可是相当轰动的消息。"

"你要把这些东西告诉客户？"

"如果我就这样消失了，那一定会有人怀疑主办方隐瞒了什么事情。一个企业一旦信用崩塌，未来会如何呢？看看新闻就知道了。"

"……我还以为你能有什么高见呢。"小园间嗤之以鼻，"你的推理基本没错，但是你弄错了一个关键的地方。像你这样不谙世事的人，是万万想不到这一点的。"

"我没有指望能说中全部真相。"

"你以为，奇岩馆里发生的所有事情都是弄虚作假，而我们想在客户面前隐瞒造假行为？你想借此胁迫我们，暂时保全你的性命？"

佐藤没有回答，而是等待着小园间接下来的话。

"别太小看我们了。"

小园间挺了挺胸，而佐藤皱了皱眉。

"我们告诉了所有客户，这一次的游戏中没有'侦探'——虽然是游戏开场前不久才告诉他们的。我们给游戏打了折，把差价退给了客户。我们还告诉客户，如果有全额退款的诉求，我们也会好好处理。结果没有一位客户取消预约。"

"那赌局呢？"

"这次没有赌局。"

"真的吗？"

"真的。"背后传来雅的声音。

小园间早已注意到房门被人打开了。雅大概一直在听着他们的对话。

"我们可是以客户为本的优质公司。"

雅优雅地走了进来："虽然利润大幅下降，但客户还会付给我们附加费用呢。"

雅看向小园间的眼神中带着几分挖苦。

她似乎还在为自己拒绝去和客户交涉的事情耿耿于怀。小园间厌烦不已。

"不过……"雅突然低下头去。

门外响起一阵手推车轮子转动的声响。

房门被打开，真锅和香坂推着装有酒水的手推车走了进来，似乎是来补充酒品的。二人感受到了现场不同寻常的氛围，于是僵在原地。

雅朝二人投去一瞥，接着刚才的话题说道："正因如此，我们必须提高这一次杀人剧目的质量。穿帮自不必说，连失误都不能出现。可是，小伙子，拜你所赐，我们这次差点儿就穿帮了。"

说完，她又陷入了思考。她的反应很奇怪。

雅犹豫了一会儿，终于下定决心开口道："不过，真是不好意思。我们团队还没有弱到能被你一个人打倒的地步。"

我们团队……

这实在不像是雅能说出来的话。

真锅和香坂也瞠目结舌，充满疑惑地看了看小园间。

"接……接着说！"雅的脸红了红，一屁股坐在了桌子上。

命令他也没有用啊……小园间太过震惊，甚至想不起刚刚说到了何处。

最后还是佐藤打破了沉默："原来如此！不过，我在被杀之前还能和你们聊到这些东西，光凭这一点我就已经很成功了。"

"你一直想和我们聊天？好奇心可真旺盛啊。"小园间嘲笑道。

可是，他内心深处其实非常好奇佐藤到底想说些什么。

"喂，那个穿着和服趾高气扬的人！"佐藤用眼神指了指雅，"我不想否定你们团队的努力，但饭桶就是饭桶。"

"你说什么？！"

真锅是第一个发怒的。

佐藤不为所动："至少，你们中间有一个会闯出大祸来的饭桶。"

"是谁？"雅叉着手俯视着佐藤。

"虽然我不知道那个人现在在不在这里。"佐藤环视众人，"我是说，写剧本的人。"

卡尔停下了敲击键盘的双手。

"在游戏中杀死'侦探'，是在侦探游戏开场前不久才最终确定下来的。这很容易就能想到。"

佐藤看了看卡尔，似乎已经锁定了剧本作者的人选。

卡尔把椅子转了过来，紧紧盯着佐藤。

佐藤微笑地看向卡尔："因为，剧本实在是太啰唆了。"

"啰……啰……啰唆？！"卡尔从椅子上弹了起来。

"哪里？哪里啰唆？！你说啊！"

"诡计的部分就先不提了，动机和背景尤其啰唆。你一开始的想法是让所有杀人案件都围绕推理研究会内的恩恩怨怨展开，没错吧？"

"嗯……"卡尔无法回答这个问题，看来是被佐藤说中了。

"可是你突然接到命令，必须把剧本改成天河被人杀害。所以，你替换了剧本中的人物关系，结果却引入了不少矛盾之处。比如，山根成了大受女生欢迎的'帅哥'，这实在令人不解。你本来应该从头开始重新构思剧本的，但你却没有这样做。为什么？因为留给你修改剧本的时间已经不够了。我说得没错吧？"

"……的确，如果时间更宽裕的话，我能写出一部伟大的作品。"卡尔莫名其妙地认同了佐藤的观点，不假思索地承认了自己就是作者。

"是吧？现在这样，实在蹩脚得很。"

"你说什么？！"卡尔刚要坐下，又"唰"地一下站了起来。

"如果再考虑到白井被杀案，那简直就没法看了。这实在是……"

"你闭嘴！"明明是卡尔自己让佐藤继续说下去，此刻他却打断了佐藤的话。

"光是把'侦探'变成死者就已经很不容易了，更何况'凶手'还在游戏中途死了！在各种设定都不变的前提下，只把凶手换掉，而且还得在几小时之内完成！还不能前后矛盾，还要让推理能够成立！还有比这更难搞的工作吗？！应该直接把直木奖颁给我才是！"卡尔忍不住一直絮叨。

"虽然我不理解你最后一句话是什么意思，"佐藤冷冷地说，"但你的剧本里的确有矛盾之处。"

"没有！压根儿没有！"卡尔表现得像个强词夺理的孩子一样。

佐藤一个接一个地列出剧本里的瑕疵。

香坂以前是法医——这很奇怪；一个上了年纪的女性凭一己之力杀死了肥胖的山根——这很不合理；杀死白井的动机太弱；与乱步相关的剧情出现了重复。

这个家伙……事到如今，小园间终于开始感到恐惧。

佐藤不仅识破了凶手和诡计，甚至还站在更高维度对剧本的完成度做出评价。如果佐藤真的被逼入绝境拼死一搏，那他们面临的麻烦就绝不仅是"出现破绽"这么简单了。

卡尔愤怒得咬牙切齿。

"而且……"佐藤乘胜追击，"有必要把白井的死因设定为毒杀吗？他明明死于刺杀。"

"嗯？"

在场的运营人员无不震惊，佐藤应该是没有看到白井身上的刀伤的。

"你怎么知道他死于刺杀？"事到如今，继续隐瞒已经没有任何意义了。小园间直白地问道。

"因为我在天河的房间里看到了。"佐藤平静地答道。就好像这个答案再自然不过一样。

天河的房间……

佐藤只在发现尸体的时候进过天河的房间，他当时看到了什么？

是进入人间椅子的白井吗？不对，这不可能。佐藤知道山根死后，才注意到人间椅子的存在。

"你看到了什么？"雅代表大家问出了这个问题。

"土特产纪念品。"佐藤再次平静地答道。

"……你通过土特产就知道了白井死于刺杀？这是什么意思？"

"当然，在刚看到它的时候我并没有想到这一点，而且我当时甚至没有把白井本人当一回事。不过，我确实感到有些异样。在知道白井已死后，我回忆起了当初异样的感觉。在天河的房间里摆着很多土特产，但不知为何，只有那件东西没了踪迹，就是他在餐厅里炫耀过的那把短刀……弯刀……它叫什么来着？"

叫短弯刀。

小园间十分不甘，因此并不愿意把正确答案告诉佐藤。

可是……

他还是忍不住喊道："现场发生意外确实无法预料，但我们在事前准备阶段就出现了失误。"

这下，换作佐藤露出一副不可思议的神情。

"如果把你和山根的角色对调一下就好了。这样一来，就不会出现这些问题了。如果我们在面试时就看出你是个狂热的推理迷就好了。为什么当时的面试官没有发现这一点呢?"

"因为面试官问他喜欢什么推理作品时,他回答的都是动漫。"雅说道。

"光凭看不起动漫这一点,那个面试官就应该被开除了,不是吗?"佐藤一脸认真地说道。

"所以呢?你把剧本批评得一无是处,这样就满足了吗?"雅看了看表,她不能离开聚会厅太久。

"不是,我并不是想抱怨什么。"佐藤摇了摇头,"说实话,虽然我的怨言确实很多,但我其实是想给你们提供一个代替方案的。"

"你是说……代替方案?"卡尔的太阳穴一突一突地跳动着。

"你们让香坂单独犯罪,这就是一个失误。在当时那种条件下,应该让白井和香坂成为共犯,两人发生内讧,最后香坂杀了白井。这样一来,也就不用出现那种动机了——仅仅因为劝人堕胎就要丢掉性命?简直可笑至极。"

卡尔气得直喘粗气,刚要怒骂出声,却又把话给咽了回去。因为佐藤的目光变得越发锐利,表情简直与赌徒无异。

"另外,还是应该让霞久最后死。她的死明明是正常游戏的最高潮,但白井的尸体却在她之后被发现,这只能说是画蛇添足。"

小园间也同意这个观点。

佐藤的视角从侦探转向了剧本作者。

"别说了……"卡尔双唇颤抖。

　　而小园间却接受了佐藤的批评。他们当时只顾着尽量遮掩白井之死，已经顾不上剧情的高低起伏了。

　　"最令人遗憾的地方是杀死白井的方法。与乱步有关的手法居然发生了重复，这实在叫人无法忍受。而且怪信上暗示的杀人案明明只有三件，作者竟然随随便便就写出第四桩杀人案！"

　　"别说了！"卡尔的怒火终于爆发了出来，"白井被杀是在怪信被大家发现之后！信的内容已经没法再更改了，但是尸体却有四具！"

　　"老……老师……"小园间安抚着卡尔。

　　虽然怒吼声应该不会传到聚会厅里，但还是小心为妙。

　　可是，卡尔并没有平静下来。

　　"你对着成品想怎么抱怨都行！但是！就你想到的这些问题，我早就考虑到了！要不要让山根或者霞久活下来，把杀人案的数量控制在三件？但不能让霞久活着，如果让她活着，就必须改变凶手的动机了。可是如果不是香坂女儿这个角色的存在，那也就没有理由使用现在这个诡计了！要让山根活下去吗？可这样一来，死者就全都是和御影堂家关系亲近的人物了，大家很快就能猜到谁是凶手！要在最后同时杀死白井和霞久两个人？可怎么杀？神将像的头只有一个，那就必须在同一间屋子里同时杀死两个人。怎么做到这一点？要把两个人设定成忘年恋的情侣吗？这样岂不是更可笑！我可是专业的！如果你有更好的想法的话，那就说出来让我们听听啊！说啊！"卡尔一口气吼完，便筋疲力尽地瘫坐在椅子上。

"因为你太执着于比拟杀人了。"佐藤不耐烦地小声说道。

"什么?"卡尔扬起下巴。

佐藤无奈地叹了口气:"我不是刚才说过了吗?如果把设定改成香坂和白井内讧的话,就不需要强行写出这么奇怪的动机了。白井之死是意料之外的杀人,所以它不需要是比拟杀人。而且,只有这桩杀人案与其他杀人案的性质不同,这也能构成解谜的线索。"

"原来如此。"小园间佩服地说道。卡尔瞪了他一眼。

"抱歉……"

"果然是个外行。"卡尔略显僵硬地冷笑了一下,"这样就没有韵味了!比拟杀人非常重要,因为客户特别要求安排比拟杀人。专业的作家,就是要严格遵照客户的要求来创作。"

"可是客户已经死了,不是吗?"

"这……"

佐藤的质问让卡尔踉跄了一下。

"傻瓜!这次的'侦探'又不是客户!不对,虽然他也是客户,但真正的客户是'侦探'的父亲!"卡尔像是要排解内心苦闷似的,喋喋不休地说着——虽然并没有人问他这个问题。

"哦?那么,这位'真正的客户'也要求你们把比拟杀人贯彻到底吗?"

卡尔满脸通红地朝小园间打着手势。

他为了一时面子上过得去,竟然还要撒谎吗?真是小肚鸡肠!客户的要求只有在侦探游戏里杀死自己的儿子这一条,他们没有接到任何关于比拟杀人的要求。

"对，没错。"不过，小园间还是配合着卡尔说道。

他之所以会这样说，不仅是像往常一样在取悦这位作家，也是因为他对佐藤接下来的反应十分好奇。

接下来，佐藤会如何反击呢？

佐藤掷地有声地说道："如果你无论如何也要把第四起杀人案做成比拟杀人的话，那只要把插着刀子的白井尸体原样运到馆主书房去就行了，反正馆主也从没出现过。"

"哈！哈！"卡尔瞬间恢复了生机，"你露馅儿了！你的能力也不过如此！这样一来，不就不是比拟杀人了吗！我们又不是为了把洋馆里所有的房间都展示一遍。这次所有的杀人方法都取材于本格派的经典作品……"

"我知道。"

"别开玩笑了！"

"所以我才会选择比拟杀人啊。也是为了遵照信中的指示。"

"嗯？"

小园间并未跟上他的思路。

雅等人的头顶也打出一个问号。

卡尔凑近了佐藤的脸，直言不讳地问道："为什么只是把尸体放到书房，就是比拟杀人了？"

看来，即便是这位高傲的作家也无法战胜自己的好奇心。

这位作家没有理解话中之意——这反而让佐藤感到不解："这里是什么地方？"

佐藤和小园间的目光相撞。原来是这样……

"这里?"卡尔皱了皱眉。

"别卖关子了!"卡尔在推理对决中落荒而逃,"这和比拟杀人有什么关系?你想问这里是什么地方?!"

"这里是奇岩馆。"还是小园间给出了答案。

不知何时开始,他的胃痛渐缓。

"回答正确。"佐藤笑道。

"啊?这……这……"

卡尔意识到自己的失误,目光游移不定。

奇岩馆的原型,毫无疑问就是奇岩城。

在《怪盗绅士亚森·罗宾》系列中,亚森·罗宾大展身手。而在系列代表作《奇岩城》中,上演的第一个故事就是刺杀案件,案发现场则是紧邻主卧的书房。

被刀刺死的尸体倒在御影堂治定的书房里。这出比拟杀人与信件无关,而是对舞台本身加以利用。

"哪有这种说法!"卡尔乱叫道,"奇岩馆只不过是个小道具,为了让大家能联想到各国的推理作品,但主要还是日本本格派……"

"承认吧。"小园间插话道。

卡尔心情的好坏,对小园间而言已经无所谓了。

书房不过是剧本中的一个元素。佐藤不仅看穿了卡尔剧本中的漏洞,甚至还改写了整部剧本,还根据己方提出的条件当场给出了其他代替方案。

一边是埋头干私活儿、漏洞百出的作家，另一边是即使在极端环境下也能给出代替方案的青年。两人之间，胜负已经分明。

"我想看看你剧本里奇岩馆的样子。"小园间直视着佐藤说道。

"我……我是专业的……"卡尔倒在桌子上。

"不过，你该回到正题了吧？你争取时间到底是为了什么？"

佐藤来回看了看小园间和雅。

他思考了一会儿，小心翼翼地开口道："为了找工作。"

这个回答让所有人都吃惊不已。佐藤的意思是，他想成为他们的一员，成为一名剧作家。小园间闻言不知该做何反应。

另一边，雅不知是不是因为习惯了使唤别人，态度发生了大转弯："你想当剧作家？在我们手下？"

"我不会当你们的棋子的。"佐藤的反驳让雅嗤之以鼻。

"不过，如果我能在这里施展拳脚的话……"佐藤像是在说服自己一样，"也许像我这样的人，也能体会几次戏剧性的瞬间。"

"又是明智小五郎的台词吗？"小园间笑道。不过，这次却并不是嘲笑。

这个家伙真的很喜欢推理。二十年前的自己是不是也是这个样子呢？现在，自己身上还有当年的影子吗？

"一派胡言！你只是为了活命而已！"卡尔丝毫不掩盖厌恶之情，咆哮道。

的确有这种可能。

"那怎么办呢？"小园间把皮球踢给了雅——让上司来做出

决定。

雅观察了佐藤一会儿，像是在衡量他的价值一样。

之后，她转过头对小园间说道："选择剧作家的任务，就交给游戏现场负责人来完成吧。"

她又要把责任推给下属——如果是平常的话，小园间一定会这样解读雅的行为。不过这一次，他并没有从雅的话语中听出轻蔑或虚张声势的意味。

"明白。"小园间决定把雅的行为理解成对自己的信赖。

他看向佐藤，内心涌起一股施虐的冲动。

"老师，真是太好了。"他转而对卡尔说道。卡尔惊讶地回过头来。

"我们的剧作家恐怕要增加一位了呢。在这份工作里……"

"啊？"

"如果作家增加到两位的话，老师您的负担也会减轻不少呢。最近一段时间，我或许就不用再来请您写剧本了。当然，这都取决于老师您的选择。"

卡尔明显面露忧惧。

侦探游戏的作者被扫地出门。卡尔知道，这给作者带来的影响不仅关乎金钱，更是关乎性命。

小园间重新看向佐藤，佐藤也紧张地看向他。

结论已定。

小园间正要走近对方时，忽然，他的视野开始摇晃起来。

一阵猛烈的腹痛朝他袭来。他忽然恶心想吐，当场蹲了下来，用手紧紧捂住嘴部。从胃里涌上来的东西滴落在地板上。

应该是刚刚喝进去的红酒吧——他如此想道，但瞬间发现自己大错特错。滴在地板上的东西是血，是像咖啡一样发黑的血液。

同事和上司都围拢过来，担心地朝他说着些什么，但他一句也没有听清。眩晕感越来越严重。他先前一直拖延着没有去医院检查，如今终于遭到报应了。

——他对此深信不疑。

万分抱歉。之前那个男人所说的话确为事实。

敝公司的确"欺骗"了大家。

敝公司曾向诸位保证，本次的杀人剧目将由敝公司首席作者亲自执笔。然而，敝公司内尚有一位作者的能力更胜一筹。

在下次游戏中，这位作者创作的剧本将带领诸位进入更为刺激的游戏世界。

请多多关注敝公司即将发布的新作品。